HENRY BESTON

DAS HAUS AM RAND DER WELT

EIN JAHR AM GROSSEN STRAND VON CAPE COD

Aus dem Amerikanischen von Rudolf Mast

Mit einem Nachwort von Cord Riechelmann

BÜCHERGILDE GUTENBERG

Die Originalausgabe wurde erstmals im Jahr 1928
unter dem Titel *The Outermost House: A Year of Life on the Great Beach of Cape Cod* von Doubleday and Company, LLC, New York veröffentlicht und erscheint hier mit Genehmigung von Henry Holt and Company, LLC, New York.

Lizenzausgabe für die Mitglieder
der Büchergilde Gutenberg Verlagsges. mbH,
Frankfurt am Main, Zürich, Wien
www.buechergilde.de
Mit freundlicher Genehmigung
des mareverlags, Hamburg

Lektorat: Sophia Jungmann
Typografie: Iris Farnschläder, mareverlag
Einbandgestaltung: Katja Holst, Frankfurt am Main
Druck und Bindung: CPI books GmbH, Leck
Printed in Germany 2019
ISBN 978-3-7632-7149-8

Für Miss Mabel Davison
und Miss Mary Cabot Wheelwright

Inhalt

Kapitel 1

Der Strand

I

Östlich der Küste Nordamerikas und ihr vorgelagert, etwa dreißig Meilen und mehr vom Gestade Massachusetts entfernt, erhebt sich aus dem offenen Atlantik der verbliebene Rest eines alten und untergegangenen Landes. Über eine Strecke von zwanzig Meilen stellt sich dieses letzte und entlegenste Stück Festland dem feindseligen Ozean in Gestalt eines großen, ausgewaschenen Kliffs aus Sand und Lehm entgegen, dessen oberster Abschluss wellen- und stufenförmig hier hundert, dort hundertfünfzig Fuß über die Meeresoberfläche ragt. Von Wellen und Regen umspült, vom Wind zerzaust, hält es den Elementen tapfer stand. Es setzt sich aus unterschiedlichsten Böden zusammen, die von Lockergestein und Sand durchzogen sind. Es kleidet sich in vielerlei Farben: hier die von altem Elfenbein, dort die von Torf, dann wieder die von verwittertem, rostbraun unterlegtem Elfenbein. In der Abenddämmerung erstrahlt der Kamm des Kliffs unter dem Gepränge im Westen, derweil sich seine Flanke in eine Melange aus Schatten und Dunkelheit verwandelt, die nahtlos ins Meer übergeht, das hier nie zur Ruhe kommt; im Morgengrauen überzieht die Sonne den Ozean, aus dem sie sich erhebt, mit einer goldenen Schicht, die langsam aufsteigt, dabei ausdünnt und schließlich vom Tageslicht verschluckt wird.

Am Fuß dieses Kliffs erstreckt sich von Norden nach Süden über viele Meilen ein breiter, lückenloser Strand, der einsam und unberührt, naturbelassen und abgeschieden daliegt und allein vom offenen Meer besucht und in Besitz genommen wird; er könnte das Ende der Welt ebenso sein wie deren Anfang. Seit grauer Vorzeit kämpft hier das Meer gegen das Land, seit grauer Vorzeit wehrt sich das Land nach Kräften, bietet zur Verteidigung all seine Energien und Geschöpfe auf, beordert die Pflanzen an den Strand, auf dass sie dort ein Netz aus Gras und Wurzeln knüpfen, das dem Sand Halt verleiht, bis Stürme es wieder freispülen. Der Rhythmus der Natur, der heute leichthin gering geschätzt, ja, vorsätzlich missachtet wird, kann sich hier frei, ungehindert und in aller Ursprünglichkeit entfalten; Wolken und deren Schatten, Wind und Gezeiten, der Wechsel von Tag und Nacht. Zugvögel machen hier Station und ziehen weiter, ohne dass jemand sie zu Gesicht bekäme, Fischschwärme bewegen sich unter der Wasseroberfläche, die Brandung schleudert ihre Gischt der Sonne entgegen.

Oft heißt es, dieses natürliche Bollwerk sei in Gänze eiszeitlicher Herkunft, tatsächlich aber handelt es sich um altes Land, auf dem sich neues abgelagert hat. Über dieses alte Land brachen sich die Seen, lange bevor sich eine Eisdecke bildete oder die Sonne sich hinter Nebel verbarg. Offenbar war die Küste hier im Norden einst ein Flachland, das an den Rändern zu bröckeln begann; durch äußere Einflüsse und den Lauf der Zeit änderte es Höhe und Form, und mit den Jahren drang das Meer darüber hinweg ins Landesinnere. Erst das heutige Kliff bot dem Wasser Einhalt. Spätere Vergletscherungen, die sich zum Meer hinab bewegten, bahnten sich ihren Weg über die einstigen Strände und das verbliebene Flachland, und während sie sich darüber hinwegwälzten, legten sie auf diesen

Schwellen all das Geröll, den Sand und die Steine ab, die sie mit sich trugen. Unter dem Einfluss wärmer werdenden Wassers zog sich die Eiskante durch den Schleier aus Nebel in westlicher Richtung zurück, bis die Wellen schließlich auf ein neues, ein umgestaltetes und unbelebtes Land trafen.

Soweit sie sich in knappen Worten rekonstruieren lässt, ist das also die geologische Geschichte von Cape Cod. Der sich in Ost-West-Richtung erstreckende Arm der Halbinsel ist der verschüttete Bereich des ursprünglichen Flachlandes, der dazu senkrecht stehende Unterarm das vergletscherte Fragment einer Küste. Die Halbinsel erstreckt sich weiter hinaus ins Meer als irgendein anderer Teil der US-amerikanischen Atlantikküste; sie ist das entlegenste aller Gestade. Der Ozean, der gegen das Kliff donnert, trifft hier auf das letzte Bollwerk zweier Welten, das sich ihm trotzig in den Weg stellt.

II

Das Kliff, von dem hier die Rede ist, und der angrenzende Strand stoßen, am Unterarm des Kaps gelegen, an den Atlantik. Dieser äußere Landstrich ist heute kaum mehr als ein großer Damm oder Wall, etwa fünfundzwanzig Meilen lang und nur drei oder vier Meilen breit. In Provincetown erhebt er sich aus dem Meer, anfangs noch eine Wüstenei aus Dünen und sandigen Ebenen, die der Ozean hinterlassen hat. Diese Sandfläche krümmt sich landeinwärts auf das Festland zu und neigt sich dabei wie eine angewinkelte Hand Richtung Plymouth; in der Rundung zwischen Handfläche und Fingern liegt der Hafen von Provincetown. In Truro, quasi dem Handgelenk des Caps – der Vergleich mit einem Unterarm ist ebenso treffend, wie er sich aufdrängt –, geht der Verlauf der Halbinsel aus der West-Ost-Richtung in einem großen Bogen in die Nord-Süd-Richtung und der Sandboden in das Kliff über, das recht unvermittelt sogleich seine höchste Erhebung erreicht. Vom Highland-Leuchtturm bis nach Eastham und der Station der Küstenwache von Nauset verläuft der Wall in südöstlicher Richtung parallel zum Meer, mal gemahnt die Silhouette an die Abfolge langer Wellen, dann wieder an die militärisch strenge Gleichförmigkeit einer Festungsmauer, wobei zwischen Mulden und Hügeln zu erkennen ist, dass sich dahinter karges Heideland anschließt. In Nauset endet das Kliff, das Meer ergreift vom flacher werdenden Land Besitz, und man betritt das Reich der Dünen.

Wo das Kliff endet, wird der Strand von einem Wall aus Dünen gesäumt. Dieser Wall ist fünf Meilen lang und endet an einem Durchlass, dessen Einfahrt mit Untiefen gespickt ist, über die der Ozean hinwegrauscht und in einen großen Meeresarm oder eine Lagune im Rücken der Dünen fließt, ein Haff mit zahllosen Gezeiteninseln und kleinen, verschlungenen Wasserläufen – die Bucht von Eastham und Orleans. Ist die Flut sehr hoch, können die Inseln überschwemmt werden, und das ganze Gebiet wird zu einer einzigen Wasserfläche. Jenseits der Kanäle und des Marschlandes fällt der Blick im Westen auf das Hochland Cape Cods, das an dieser Stelle kaum mehr als zwei Meilen breit ist. Noch weiter westlich liegt Cape Cod Bay. Einst bewohnte ein mächtiger Indianerstamm, die Nausets, dieses Land zwischen den Meeren.

Entlegenes Kliff und einsame Dünen, die unendliche Weite des Ozeans und der helle, große Strand als Saum der Welt, Auen und Marschland und uralte Heidelandschaft: Das ist Eastham, das ist das äußere Kap. Wenn Sonne und Mond aufgehen, kommen sie aus dem Meer, der gewölbte Himmel hat die Weite eines Ozeans, die Wolken ziehen mal vom Meer, mal von Land heran. Diese Region kannte und liebte ich schon seit vielen Jahren, als sich die Gelegenheit zu einem längeren Aufenthalt ergab, und so baute ich mir ein Haus am Strand.

Es stand einsam oben auf einer Düne, etwa auf halber Höhe der Nehrung von Eastham. Den Entwurf fertigte ich zu Hause selbst an, gebaut haben es ein Nachbar und seine Zimmerleute. Als ich mit den Arbeiten begann, hatte ich nicht die geringste Absicht, das Haus als feste Bleibe zu nutzen. Ich wollte nur einen Ort, an dem ich den Sommer verbringen konnte, der aber gemütlich genug wäre, um auch im Winter zu kommen, sofern ich es einrichten könnte. Ich taufte das Haus auf den Namen Fo'castle, Vorschiff. Es besaß zwei Räume, ein Schlafzimmer und eine Wohnküche, alles in allem nur zwanzig mal sechzehn Fuß groß. Ein gemauerter Kamin, dessen Rückseite an die Zwischenwand grenzte, wärmte das größere Zimmer und vertrieb aus dem Schlafzimmer die Kälte, zum Kochen diente mir ein zweiflammiger Ölofen.

Mein Nachbar hatte seine Sache gut gemacht. Wie erhofft, erwies sich das Haus als kompakt und solide, es war leicht in Schuss zu halten und leicht zu heizen. Der größere Raum war vertäfelt, und ich strich das Paneel und die Fensterrahmen in einer Art hellem Beigebraun – eine gute Farbe für ein Vorschiff. Das Haus ließ möglicherweise eine etwas laienhafte Vorliebe für Fenster erkennen. Es besaß zehn davon, allein sieben im größeren Zimmer: zwei nach Osten zum Meer, zwei nach

Westen zum Marschland, zwei nach Süden und ein kleineres, zugleich als »Spion« dienendes in der Tür. Sieben Fenster in einem Zimmer, das auf einem Sandberg steht und den ganzen Tag von der Sonne beschienen wird – das klingt nach grellem Licht aus allen Richtungen. Eine berechtigte Befürchtung, der ich durch die Verwendung von hölzernen Fensterläden begegnete, die ursprünglich für die Wintermonate gedacht waren, sich aber ganzjährig als notwendig erwiesen. In der Praxis stellte sich schnell heraus, dass ich die Wahl hatte zwischen einem denkbar geschützten und verdunkelten Raum und einer Art Sonnenterrasse im Haus. In meinem Schlafzimmer gab es drei Fenster – eines nach Osten, eines nach Westen und eines nach Norden Richtung Leuchtturm von Nauset.

Um Trinkwasser zu bekommen, trieb ich ein Brunnenrohr direkt nach unten in die Düne hinein. Auch wenn der Ozean und der Strand vor der Tür liegen und das Meer Tag für Tag durch die Kanäle in der Marsch Richtung Westen strömt, gibt es hier unterhalb des salzigen Sandes Trinkwasser. Die Qualität dieses Wassers schwankt, mitunter ist es brackig, dann wieder süß und klar. Zu meiner großen Freude stieß ich auf eine Quelle, die mir so gutes Wasser lieferte, wie man es hier nur finden kann. Unterhalb des Fußbodens verlief das Rohr senkrecht in eine gemauerte und abgedeckte Grube, die mit einem Hahn versehen war, mit dessen Hilfe ich bei Frost das Wasser aus der Pumpe ablassen konnte (an kalten Tagen habe ich mir lediglich ein paar Eimer abgefüllt, in die Küchenspüle gestellt und die Pumpe umgehend wieder entleert). Ich besaß zwei Öllampen und verschiedenste Flaschen, in denen Kerzen steckten, bei deren Licht ich lesen konnte, sowie einen Kamin, dessen Schlund ich mit Treibholz stopfte, damit ich es warm hatte. Mir ist klar, dass eine Heizungsanlage, die allein aus einem

Kamin besteht, arg provisorisch klingt, aber sie erfüllte ihren Zweck, und das Feuer diente mir nicht nur als Wärmequelle – mit ihm war zugleich etwas Ursprüngliches anwesend, ein Hausgott und ein Freund.

In dem größeren Zimmer standen eine Kommode, die in einem leuchtenden Blau gestrichen war, ein Tisch, ein Wandregal für Bücher, eine Couch, zwei Stühle und ein Schaukelstuhl. Meine Küche, die wie auf einer Jacht in einer Zeile angeordnet war, stand an der nach Süden gerichteten Wand. Zuerst kam ein Geschirrschrank, dann die Aussparung für den Ölofen – den ich nur auspackte, wenn ich ihn benutzen wollte –, es folgten ein Regal, ein Spültisch aus Porzellan und in der Ecke die Pumpe. Die gute alte Pumpe! Sie hat mich nie im Stich gelassen oder meine Nerven strapaziert.

Die Vorräte schleppte ich mit einem Rucksack auf meinen Schultern heran. Es führt keine Straße durch die Dünen, und gäbe es eine, hätte es niemanden gegeben, der mir das, was ich brauchte, geliefert hätte. Westlich der Dünen existiert zugegebenermaßen eine Art Weg, den ein Auto hätte passieren können, doch selbst die erfahrensten Dorfbewohner meiden ihn nach Möglichkeit und wissen zu berichten, wie sie sich dort im Schlamm festgefahren haben oder im Sand stecken geblieben sind. Immerhin kam das Bauholz auf diesem Weg, und von Zeit zu Zeit transportierte ein Nachbar, der ein Pferd und eine Kutsche besaß, meine Ölfässer dort entlang. Solcherlei Hilfe erhielt ich aber nur gelegentlich, und ich schätzte mich glücklich, sie überhaupt erfahren zu dürfen. Mein Rucksack blieb das einzige stets einsatzbereite Transportmittel in den Dünen. Zweimal pro Woche, stets zur selben Zeit, kam ein Freund mit dem Auto zur Station der Küstenwache in Nauset, fuhr mich zum Einkaufen nach Eastham oder Orleans und brachte mich wieder zurück nach Nauset. Dort packte ich Milch und Eier, Butter und Brot in meinen Rucksack – peinlich darauf achtend, was zuoberst und was zuunterst lag – und machte mich entlang der Brandung auf den Weg über den Strand.

Der Hügel, auf dem meine Hütte errichtet wurde, erhebt sich knapp zwanzig Fuß über die Hochwassermarke und nur dreißig Fuß vom großen Strand entfernt. Meine einzigen Nachbarn waren die Männer der Küstenwache von Nauset, etwa zwei Meilen entfernt. Im Süden gab es nur weitere Dünen und einige abgelegene Jagdgebiete; Marschboden und die Gezeiten trennten mich nach Westen hin vom Dorf und von dessen weit entfernten Häusern; vor meiner Haustür lauerte der Ozean. Im Norden und nur im Norden gab es Menschen, zu denen ich Kontakt hatte. Allein auf der einsamen Düne, grenzte mein Haus an die vier Wände der Welt.

Als das Haus fertig war, sich bewährt und das erste Jahr am Kap ohne Schaden überstanden hatte, kam ich im September wieder, um zwei Wochen Urlaub zu machen. Die vierzehn Tage gingen zu Ende, doch ich blieb, und während die Zeit verstrich und das Jahr in den Herbst überging, nahm mich die geheimnisvolle Schönheit der Landschaft und des offenen Meeres so sehr in Besitz, dass ich mich nicht dazu überwinden konnte, abzureisen. Die heutige Welt krankt an einem Mangel an elementaren Dingen wie offenem Feuer, das vor einem knistert, Wasser, das aus dem Boden quillt, Luft, ja, selbst der Erde unter den Füßen. In meinem Reich aus Strand und Dünen waren solche elementaren Erscheinungen präsent und lebendig, und sie beschrieben einen Bogen, der den Rhythmus der Natur und des Jahres zu einem unvergleichlichen Schauspiel verband. Das Kommen und Gehen des Meeres, die anlandenden Wellen, die Versammlungen von Vögeln, Winter und Sturm, die Pracht des Herbstes und der Glanz des Frühlings – all das war Teil des Strandes vor meinem Haus. Je länger ich blieb, desto größer wurde mein Wunsch, diese Küste kennenzulernen und ihr geheimnisvolles und urwüchsiges Leben zu ergründen; ich scheute diesen Schritt nicht, denn das Alleinsein konnte mich nicht schrecken, und ich verspürte den Drang eines Naturforschers, den es ins Freie zieht. Und so besann ich mich schließlich und beschloss zu bleiben und den Versuch zu wagen, ein ganzes Jahr am Strand von Eastham zu verbringen.

III

Die Landzunge von Eastham bildet einen Wall, der die Bucht zum Meer hin schützt. Der Scheitel steht hoch über dem Strand, und von der vom Wind zerfurchten Krone führt ein flacher, mit Strandhafer bewachsener Hang zu den Salzwiesen im Westen hinab. Vom Leuchtturm in Nauset aus betrachtet, wirkt das Land gleichförmig und geografisch wenig interessant, tatsächlich aber ist es durchzogen von Vertiefungen, Gassen, die ins Nichts führen, und Ausbuchtungen, die Amphitheatern gleichen und in denen das Tosen des Meeres als entferntes Brausen eines Wasserfalls erklingt. Oft unternehme ich Spaziergänge in diese eigentümlichen Senken. Auf ihrem sandigen Boden wie auf den Flanken stoße ich auf Fußspuren der Vögel, die zu Besuch waren. Hier zeugt eine oberflächlich zerwühlte Stelle voller Krallenspuren im Sand davon, dass sich ein Flug Lerchen niedergelassen hat, dort hat sich einer der Vögel von seinen Artgenossen abgesetzt; hier finden sich tiefere Spuren hungriger Krähen, dort Abdrücke der Schwimmhäute einer Möwe. Mir scheint stets etwas Poetisches und Geheimnisvolles in diesen Stapfen zu liegen, auf die ich in den Senken zwischen den Dünen stoße. Sie beginnen im Nirgendwo, allenfalls ist der vage Abdruck einer landenden Schwinge erkennbar, ebenso unvermittelt und spurlos lösen sie sich im Nirgendwo der Luft wieder auf.

An ihrem östlichen Rand fallen die Dünen steil zum Strand hin ab. Geht man nachmittags nahe den Dünen den Strand entlang, bewegt man sich im Schatten einer Art Sandwand, die sieben oder acht Fuß hoch und relativ eben ist, mit jeder Kuppe und jedem Hügel aber auf fünfzehn oder gar zwanzig Fuß ansteigt. An vier oder fünf Stellen haben Sturmfluten Rinnen oder Kerben in den Wall gespült. Dünenpflanzen gedeihen in diesen trockenen Betten, ihre Wurzeln finden Halt unter altem, halb vergrabenem Treibgut, wuchernde Silberraute, *Artemisia stelleriana*, prägt das Bild. Die Pflanze blüht noch in den ungeschütztesten Lagen, sie springt vom Scheitel der Dünen auf die nackten Hänge und versucht sogar, auf dem Strand heimisch zu werden. Ihr sommerliches Graugrün wird im Herbst abgelöst durch eine goldene bis rostbraune Farbgebung von einzigartiger Zartheit und Schönheit.

Der Strandhafer gedeiht vorzugsweise auf den Hängen und Flanken der Kuppen, die langen Blätter legen sich um die zudringlichen Köpfe der dickfleischigen Goldrute. Weiter unten, kurz bevor der Hang in den Strand übergeht und die Halme des Strandhafers seltener werden, sticht die Strand-Platterbse mit ihren markanten Blättern und dem verblassten Flor darüber ins Auge. Ganz unten schließlich, am wüstengleichen Grund, finden sich Horste von Büschelgras und die flachen, sternförmigen Blüten zahlloser Wolfsmilchgewächse. Die einzigen Sträucher, die hier wachsen, sind Strandpflaumen, und auch die kommen nur sehr vereinzelt vor.

All diese Pflanzen haben enorm lange Pfahlwurzeln, die sich tief in das feuchte Innerste des Sandes eingraben.

Den größeren Teil des Jahres über habe ich zwei Strände, einen oberen, einen unteren. Der untere, der den Gezeiten unterworfen ist, setzt mit dem Wasserstand bei mittlerem Niedrigwasser ein und zieht sich als glatte Schräge hinauf bis zur Hochwassermarke einer durchschnittlichen Flut. Der obere Strand, der eher eine Art Plateau ist, reicht von der Hochwassermarke bis zu den Dünen. Die Breite dieser Strände ändert sich mit jedem Sturm und jeder Flut, aber ganz daneben liege ich wohl nicht, wenn ich beide auf durchschnittlich fünfundsiebzig Fuß schätze. Außergewöhnliche Sturmfluten und extremes Hochwasser lassen sie zu einer riesigen Fläche verschmelzen. Winterfluten verschmälern den oberen Strand und laufen sogar häufig darüber hinweg bis zu den Dünen. Im Sommer wächst der gesamte Strand in die Höhe, als spüle jede Flut mehr und mehr Sand aus dem offenen Meer heran. Möglicherweise schwemmen auch Strömungen Sand von den vorgelagerten Barren und Untiefen herbei.

Für die Farben des Strandes von Eastham einen Namen oder eine Umschreibung zu finden ist keine leichte Aufgabe. Zudem variiert der Ton je nach Tages- und Jahreszeit. Der eine Freund nennt ihn Gelb, das ins Braune tendiert, ein anderer vergleicht ihn mit roher Seide. Welche Farben solche Beschreibungen vor dem Auge des Lesers auch immer entstehen lassen mögen, es bleibt festzuhalten, dass der Farbton des Sandes an einem Junitag so warm und satt ist, wie man ihn sich nur vorstellen kann. Spät am Nachmittag legt sich ein zarter Hauch von Violett auf den Strand und das unmittelbar angrenzende Wasser. Die Landschaft hier kennt keine Brüche oder Härten, nicht die klare Helligkeit des Nordens und nicht dessen brüske Bloßstellung; stets walten Zurückhaltung und Geheimnis, die Land und Meer etwas Verborgenes belassen, etwas, das die Natur respektvoll verhüllt.

Der Sand hier führt ein Eigenleben, selbst wenn dieses Leben nur vom Wind geborgt ist. Eines schönen Sommernachmittags, bei kräftigem und böigem Wind aus West, sah ich eine Windhose, einen nur etwa sechs Fuß hohen »Miniatur-Tornado«, der mit hoher Geschwindigkeit aus einem der Einschnitte in den Dünen kam, sich mit Sand vollsog und Richtung Wasser weiterzog. Als die Windhose den Strand passierte, wurde sie von der Sonne angestrahlt, und der aufgewirbelte Sand ward zu einem bräunlichen Prisma, aus dem intensiv leuchtende Farbstrahlen hervorbrachen. Die Düne südlich von mir, die ich »große Düne« nenne, legt mitunter ein eigentümliches Verhalten an den Tag. Frontal gesehen, sieht sie aus wie eine Welle, der zum Meer zeigende Hang besteht aus nichts als feinstem, vom Wind herangetragenem Sand, der westliche Hang führt hinab in eines der beschriebenen Amphitheater. In einem der letzten Winter war auf dem Gipfel der Düne ein Ausguck für die Küstenwache errichtet worden, doch durch die nächtlichen Patrouillengänge wurde der Gipfel »geschleift«, und an seiner Stelle entstand eine kleine Senke, die sogleich ein Eigenleben entwickelte und wuchs. Inzwischen ist sie acht oder neun Fuß breit und in etwa ebenso tief. Von jenseits der Marsch hat es den Anschein, als habe jemand ein großes rundes Stück aus dem Dünenkamm herausgebissen. An windigen Herbsttagen, wenn der Sand jenseits der Düne noch trocken und körnig ist und Böen aus West ihre Kraft entfalten, wird er aufgewirbelt und durch die trichterförmige Öffnung in östliche Richtung getragen. Dann wird die Düne zu einem Vulkan, aus dessen Krater Rauch aufsteigt. Mal nimmt dieser Rauch die Form einer schwarzen Wolke an, mal die Konturen eines hageren elfenbeinfarbenen Gespensts, und er wabert, wirbelt und quillt hervor wie aus einem ozeanischen Vesuv.

Zwischen den Dünen und der Marsch liegen Salzwiesen unterschiedlichster Ausprägung, sie reichen von den sandigen Hängen bis zu den sumpfigen Auen, die sich entlang den zahllosen Gräben ziehen und bei Flut überspült werden. Jeder Bereich hat seine spezifischen Gräser, und die Flure gleichen einem Flickenteppich konkurrierender Vegetationen. Im Spätsommer und Herbst reckt der Strandflieder, der zwar meist einzeln steht, aber nahezu überall wächst, seine kleinen, von der Sonne gebleichten Blütenschirme über die gelbbraunen, fast lohfarbenen Gräser. Die Marschinseln dahinter tragen schwer an Riedgras, das auf durchweichtem Lehm und Sand steht; in diesen Fluren, in die sich nie ein Mensch verirrt, gibt es versteckte Seen, die nur bei Sonnenuntergang zu erkennen sind. Die Wildenten kennen sie gut, und wenn Jäger ihnen nachstellen, ziehen sie sich dorthin zurück.

Wie eigentümlich es doch ist, dass so wenig über die Vögel von Cape Cod geschrieben wurde! Aus Sicht eines Ornithologen ist die Halbinsel einer der interessantesten Plätze der Welt. Das Interesse verdankt sich weniger den hier heimischen Vögeln, denn davon gibt es nicht mehr und nicht weniger als an zahllosen anderen Orten; es ist vielmehr der Tatsache geschuldet, dass, wer hier lebt, mehr verschiedene Vogelarten sehen kann, als man es auf einem derart kleinen Gebiet für möglich halten würde. Zu den Vögeln, die während meines Aufenthalts in Eastham zu Gast waren oder durchzogen, die fest oder gelegentlich hier lebten, gehörten Landvögel und Sumpfvögel, Vögel der Marsch und Vögel des Strandes, Seevögel und Küstenvögel und sogar Vögel, die eigentlich nur über dem offenen Meer vorkommen. Ausläufer karibischer Hurrikans ziehen herauf und tragen sonderbare tropische und subtropische Vogelarten an den Strand, der eine Sturm einen schimmernden Ibis, der nächste einen Fregattvogel. Immer, wenn es während meiner Zeit am Strand stürmte, habe ich besonders aufmerksam Ausschau gehalten.

Ich beende dieses Kapitel mit einem Detail, das mir für einen Naturforscher das interessanteste zu sein scheint. Die Landzunge von Eastham ist nur drei Meilen lang und kaum eine Viertelmeile breit. Und doch hat die Natur in dieser kleinen Welt jeder Kreatur eine Farbe verliehen, die sie schützt. Wer an der Station der Küstenwache haltmacht und auf dem Rasen davor eine Heuschrecke fängt – die hier der maritimen Sorte *Trimerotropsis maritima harris* angehört –, wird feststellen, dass sie grün gefärbt ist. Geht man fünfzig Fuß weiter in die Dünen und fängt dort eine Heuschrecke, hält man ein Insekt in Händen, das aus Sand zu bestehen scheint. Auch die Spinnen sind aus Sand – die Formulierung ist keine Übertreibung –, und das gilt auch für die Kröten, die in mondhellen Sommernächten den Strand bevölkern. Man kann am Rande der Brandung stehen und eine ganze Welt studieren.

Nach meinem Entschluss, am Strand zu bleiben, erwarte ich nun den Oktober und den Winter mit ihren großen Wanderungsbewegungen. Einstweilen nehmen der September und der Frühherbst die Welt in Besitz.

Der Blick aus den nach Westen zeigenden Fenstern ist am frühen Abend besonders schön. An angenehm kühlen Septemberabenden wie derzeit ist das gleichmäßige, waagerecht einfallende, stille Licht der Dämmerung am Himmel ebenso herbstlich gefärbt wie die Erde darunter. Auf der Erde herrscht Herbst, und Herbst ist es auch darüber. Die Inseln der Marsch, die in einem lohfarbenen Orange verglimmen und in der Dunkelheit aufgehen, die mäandernden Wasserläufe, denen die Dämmerung einen bronzefarbenen Schimmer überzieht, die scharlachroten Auen, die sich mit fortschreitender Nacht purpurn verfärben – sie alle verschmelzen mit dem Himmel, indem sie ihre Farben an ihn übergeben. Das Leuchtfeuer von Nauset, das durch mein nach Norden weisendes Fenster eintritt, malt regelmäßig Schemen aus Licht auf einen Teil der Schlafzimmerwand. Ein erster Blitz, ein zweiter Blitz, ein dritter Blitz, dann eine Pause, in der der dunkle Sektor der Optik zwischen Fo'castle und der Lichtquelle steht. In klaren, mondbeschienenen Nächten kann ich sowohl den weiß getünchten Turm als auch sein Licht sehen; in dunklen Nächten sehe ich nur das Licht selbst, das verlässlich seine Bahn über die Erde zieht.

Heute Nacht ist es dunkel, und über der endlosen Weite des Ozeans ziehen am herbstlichen Himmel die Sterne des Winters herauf.

Kapitel 2

Herbst, Meer und Vögel

I

Am Strand ist ein neuer Klang zu hören, ein neuer und beeindruckender Klang. Langsam, Tag um Tag, wird die Brandung stärker, und in den abgelegenen Stationen der Küstenwache, die sich am viele Meilen langen Strand entlangziehen, erkennen die Männer im Tosen der Wellen den nahenden Winter. Morgens und abends ist es empfindlich kalt, kalt ist auch der Nordwestwind; die nur mehr schmale Sichel des Mondes steht, wie ich einmal zufällig am fahlen Morgenhimmel sah, nördlich der Sonne. Der Herbst hält am Strand eher Einzug als in der Marsch und den Dünen. In westlicher Richtung und landeinwärts ist noch Farbe, seewärts herrschen schon lichte Leere und Schmucklosigkeit. Die letzten Gräser, die auf dem Dünenkamm ausharren und sich gen Himmel recken, zittern im Wind und neigen sich seewärts, Schwaden aus Sand jagen waagerecht den Strand entlang, das helle Zischen des Sandes mischt sich mit dem nun einsetzenden Donnern des Ozeans.

Die Nachmittage verbringe ich damit, Treibholz zu sammeln und Vögel zu beobachten. Bei klarem Himmel nimmt die Mittagssonne dem Wind die schneidende Schärfe, und dann und wann findet sogar eine milde Brise aus Westsüdwest zurück in die Welt. An solch prächtigen Tagen mache ich mich auf den Weg, lese Stöcke und zerbrochene Bretter auf und treibe die Vögel auf dem Strand vor mir her. Von mir aufgescheucht, sehe ich Sanderlinge und Wasserläufer, Halsringenten und Knutts, Kiebitz- und Keilschwanzregenpfeifer, Schwärme von einem Dutzend, kleine Flüge, große Flüge, kompakte Gruppen, die straff organisiert wirken. In den vergangenen zwei Wochen, vom 9. bis 23. Oktober, haben gewaltige Populationen dieser Zugvögel am Strand von Eastham Station gemacht, sich gesammelt, gerastet, sich gestärkt und miteinander vermischt. Sie kommen, sie gehen, sie zerstreuen sich und sammeln sich erneut. Über viele Meilen ziehen sich die verworrenen, sich kreuzenden und überschneidenden Abdrücke ihrer Füße über den unteren, ans Wasser grenzenden Strand von Cape Cod.

Trotz allem ist es keine ungeordnete und sorglose Horde, durch die ich gehe, sondern eher eine Armee. Ein Geist der Disziplin und des Zusammenhalts hat sich in diesen unzählig vielen kleinen Köpfchen breitgemacht, der in jedem Flug einen Gemeinsinn stiftet und jedem einzelnen Vogel die Gewissheit verleiht, Mitglied einer Gesellschaft auf Wanderschaft zu sein. Vögel, die allein fliegen, sind selten, und wenn, dann wirkt es, als verfolgten sie einen Flug, der sie vergessen hat und achtlos weitergezogen ist. Schnell wie der Wind fliegen sie und rasen mit der Unbeirrtheit eines Läufers auf der Aschenbahn an den Wellenkämmen entlang. Ihre Geschwindigkeit scheint mir Ausdruck der Angst zu sein. Manchmal beobachte ich, wie sie auf Artgenossen treffen und sich mit einer halben Meile Abstand zu ihnen niederlassen; manchmal geraten sie dort aus dem Blick, wo Gischt und Himmel verschmelzen, noch immer mit rasender Geschwindigkeit, noch immer auf der Suche.

In der großen Mehrheit scheint es sich um Vögel zu handeln,

die den Sommer irgendwo am äußeren Kap verbracht und im Herbst Verstärkung aus dem Norden erhalten haben.

Am besten beobachten kann ich die Tiere, wenn sie am späten Nachmittag bei Flut am Rande der Brandung nach Futter suchen. Zu dieser Stunde trüben weder sommerlicher Dunst noch die Gischt eines Brechers oder vor Hitze flirrende Luft den Blick in die Weite, und wenn ich, mit einer Last bepackt, am unteren Strand nach Hause gehe, sehe ich vor mir Vögel, Vögel und nichts als Vögel. Auf jede neue Welle, die sich bricht und brodelnd den Strand hinaufkriecht, reagieren einige der Tiere, indem sie sich abwenden und davonlaufen oder aufflattern, wenn sie sich zu sehr bedrängt fühlen, und wenn sich das Wasser, einem Sog folgend, wieder zurückzieht, finden sich jedes Mal Vögel, die ihm folgen, den Kopf hineinstecken und eifrig picken. Haben sie genug gefressen, fliegen sie zum oberen Strand und harren dort stundenlang im kühlen Wind aus, Flug neben Flug, Schwarm neben Schwarm. Das Grollen des Ozeans, fahles Licht und vom Wind geformte Fetzen winterlicher Wolken ziehen über die Dünen hinweg, die Wasserläufer stehen auf einem Bein und träumen, den Kopf tief im eigenen Federkleid vergraben.

Mich interessierte, wo die Abertausend Tiere wohl die Nacht verbringen. Am nächsten Morgen stand ich noch vor Sonnenaufgang auf, zog mich rasch an und ging hinunter zum Strand, wo gerade Ebbe herrschte. Ich wandte mich nach Norden, dann nach Süden, doch weder im Norden noch im Süden, noch in der Luft waren Vögel zu sehen. Nur ganz weit im Süden, so erinnere ich mich jetzt, erhob sich ein verängstigtes Strandläuferpaar von irgendwo auf dem oberen Strand, flog schnell und geräuschlos auf mich zu, passierte mich seitlich und ließ sich etwa hundert Yard von mir entfernt am Rande der Brandung nieder. Augenblicklich begannen die beiden herumzulaufen und nach Futter zu suchen, und während ich ihnen zusah, erhob sich mit der Geschwindigkeit und Feierlichkeit eines himmlischen Ballons die orangefarbene Sonne über den Horizont.

Da die Flut ihren Höchststand derzeit am späten Nachmittag erreicht, beginnen die Vögel am Vormittag gegen zehn Uhr, sich zu versammeln. Manche kommen von den Salzwiesen herüber, andere nähern sich über den Strand, wieder andere sinken vom Himmel herab. Als ich vom oberen Strand zum unteren gehe, schreckt eine erste Gruppe von ihnen auf. Ich gehe direkt auf die Vögel zu – eine dunkle Vorahnung lässt sie zusammenrücken, dann ein Huschen, und sie sind auf und davon. Ich stehe auf dem Strand, zu meinen Füßen frische Abdrücke ihrer Krallen, und erfreue mich am Anblick einer Gruppe Vögel, die wie von Zauberhand zu einem Sternbild geworden ist, zu flüchtigen Plejaden, deren lebendige Sterne in der Position bleiben, die der Zufall ihnen zugewiesen hat; ich beobachte den Flug der Tiere, der sie spiralförmig nach oben führt und den Blick mal auf die weißen Bäuche, mal auf die gräulichen Rücken lenkt. Die Gruppe, der ich nun am nächsten bin, frisst, wenn auch durch die erste gewarnt, weiter. Ich nähere mich ihr; ein paar Tiere laufen weg, als wollten sie mir zu Fuß entkommen, andere halten inne und machen Anstalten loszufliegen; noch ein, zwei Schritte auf sie zu, und sie halten es nicht mehr aus: Auch sie rücken zusammen, erneut ein Huschen, und sie folgen ihren Artgenossen über die Wellen.

Keine Spielart der Natur an diesem Strand ist mir so unerklärlich wie die Flüge der verschiedensten Gruppen von Strandvögeln. Wie ich bereits angedeutet habe, formieren sich diese Gruppen im Nu, und genauso schnell entwickeln sie ihren eigenen Willen. Vögel, die eben noch weit entfernt voneinander nach Futter suchten, jeder für sich und jeder aufs eigene Wohl bedacht, verschmelzen unvermittelt zu einem kollektiven Willen und steigen auf, fliegen, gleiten, neigen ihre nach Dutzenden zählenden Körper wie ein Wesen, als das sie auf den neuen Kurs einschwenken, den der gemeinsame Wille der Gruppe vorgegeben hat.

Einen Leitvogel oder Anführer, das sei ergänzt, gibt es nicht. Wäre dafür mehr Raum, so wäre mir nichts lieber, als mich über diesen spontan entstehenden kollektiven Willen und seinen Ursprung auszulassen, aber ich möchte diesen Teil des Kapitels nicht in die Länge ziehen und muss das Problem daher all jenen überlassen, die die psychischen Beziehungen eines Individuums zu den vielen untersuchen, von denen es umgeben ist. Was mich vor allem beschäftigt, ist die sofortige und gleichzeitige Unterwerfung jedes einzelnen dieser rasend schnellen Körper unter den kollektiven Willen. Mit welchen Methoden, welchen Mitteln der Kommunikation vermag dieser Wille so auf eine Gruppe einzuwirken, dass ein Dutzend oder mehr Einzelwesen ihn im selben Moment erkennen und sich ihm fügen? Müssen wir, wie Descartes es schon vor langer Zeit postulierte, annehmen, dass es sich bei all diesen Vögeln um *machinae* handelt, um Maschinen aus Fleisch und Knochen, die einander derart ähnlich sind, dass sie – wie ein Zahnrad ins andere greift – auf identische Einflüsse der Umwelt identisch reagieren? Oder gibt es eine übersinnliche Verbindung zwischen diesen Kreaturen? Werden sie von einer Art Strom zusammengehalten, der während des Fluges durch jedes einzelne Tier oder durch die Gruppe fließt? Fischschwärme, so glaube ich zu wissen, machen vergleichbare Richtungswechsel. Einmal habe ich es selbst gesehen, aber dazu später mehr.

Wir brauchen ein anderes, ein klügeres und vielleicht mystischeres Verständnis von Tieren. Der moderne Mensch, der sich von der Natur entfernt hat und auf allerlei technische Hilfsmittel verlässt, betrachtet sie durch den Zerrspiegel seines Wissens, in dem eine Feder vergrößert und dabei doch das gesamte Bild verfälscht erscheint. Wir schätzen die Tiere gering, weil wir sie für unvollkommen halten, weil das Schicksal sie vermeintlich weit unter uns angesiedelt hat. Doch hierin irren wir, irren wir gewaltig. Denn Tiere dürfen nicht am Menschen gemessen werden. In einer Welt, die älter und vollendeter ist als die unsere, stehen sie für Vollkommenheit und Vollendung; sie sind mit Fähigkeiten der Sinne ausgestattet, die wir verloren oder nie besessen haben, sie sind für Stimmen empfänglich, die wir nie hören. Sie sind nicht Gleiche und nicht Unterlegene, sondern je eigene Geschöpfe, die gemeinsam mit uns im Netz aus Raum und Zeit gefangen sind, Mithäftlinge, die das irdische Leben in seiner Herrlichkeit wie in seiner Mühseligkeit mit uns teilen.

Die sinkende Sonne leuchtet rot wie Feuer, die Flut erklimmt den Strand, der Schaum, den sie vorausschickt, schimmert eigentümlich purpurn; ein paar Meilen vor der Küste taucht ein Frachter aus den Untiefen auf und fährt Richtung Norden weiter.

II

Als ich an einem milden Morgen im September am Fenster stand und nach Westen auf die Marsch mit ihren herbstlich blau gefärbten Wasserläufen blickte, bekam ich zufällig mit, dass die Möwen von etwas aufgeschreckt wurden. Die Flut hatte die Vögel bereits auf die höher gelegenen Kies- und Sandbänke getrieben, und von diesen Inseln sah ich sie wie silbrig schimmernde kleine Wolken auffliegen und als langen, flüchtigen Wirbel aus Flügeln Richtung Süden ziehen. Mir fiel auf, dass sie ungewöhnlich tief flogen. Um herauszufinden, was sie gestört hatte, ging ich schnurstracks auf die Kuppe meiner Düne. Als ich dort stand, den Vögeln nachschaute und den Himmel absuchte, sah ich weit über den Möwen und ein gutes Stück hinter ihnen einen Adler, der sich durch die Lüfte näherte. Gerade war er aus einer Wolke heraus in den blauen Himmel geflogen, und als ich ihn erblickte, glitt er auf bewegungslosen Schwingen aufs Meer zu. Es schien, als folgte er am Himmel dem blauen Band eines Wasserlaufs am Boden unter ihm.

Vor dem Hafen von Nauset liegen Sandbänke; viele Seemöwen suchen dort bei Niedrigwasser nach Futter, und die Möwen aus der Marsch gesellen sich noch dazu. Als der Adler sich diesen Sandbänken näherte, beobachtete ich gespannt, ob er herabsinken oder aufs Meer hinaus fliegen würde. Weder noch; an der Hafeneinfahrt angekommen, drehte er nach Süden ab, flog parallel zur Küste weiter und verschwand.

Im Herbst sah ich dasselbe Tier zu verschiedenen Gelegenheiten ein halbes Dutzend Mal. Die verschreckten Möwen verrieten mir stets, wenn er in der Nähe war. Dabei ist dieser Adler – bei dem es sich, wie ich glaube, um einen Weißkopfseeadler, *Haliaeetus leucocephalus*, handelte –, wie Mr. Forbush meint, »von Haus aus Fischfresser«. Ich habe nie erlebt, dass er den fliehenden Vögeln auch nur die geringste Aufmerksamkeit geschenkt hätte; gleichwohl mag ihm der Sinn nach Möwen stehen, sofern sie gut genährt sind und er hungrig ist. In jedem Falle hatten sie Angst vor ihm. Es gibt immer einige Mantelmöwen, wegen ihrer schwarzen Rücken auch »Pfaffen« genannt, die sich unter die Silbermöwen auf den Sandbänken mischen, und selbst diese korpulenten Riesen, so meine Beobachtung, brachten sich gemeinsam mit den anderen Vögeln in Sicherheit.

Adler sind auf Cape Cod wahrlich keine Seltenheit. Auf ihrem Flug entlang der Küste machen sie hier Station, finden Gefallen an der Gegend und lassen sich an den unterschiedlichsten Stellen nieder. In den Meeresarmen und Buchten jagen sie nach Fisch, doch besonders wissen sie die abgelegenen Weiher von Cape Cod zu schätzen. Wer dem Weißkopfseeadler nahe genug kommt, sieht vor sich einen dunkelbraunen Vogel mit strahlend weißem Kopf, Hals und Schwanz. Leider war es mir nie vergönnt, mich dem gefiederten Gast in Eastham so weit zu nähern, doch einer der Männer der Küstenwache scheuchte eines Tages einen solchen Adler aus einem Dickicht unweit der Einmündung eines Wasserlaufs in die Heide auf – er hörte, so erzählte er, das wischende Geräusch großer Flügel, und als er sich umdrehte, sah er, wie sich der Adler aus dem Unterholz und den leuchtenden Blättern erhob.

Seit ich auf Cape Cod bin, staune ich darüber, wie vielen durchziehenden Landvögeln ich in den Dünen begegne. Am

Strand Wasserläufer und in der Brandung Meerenten anzutreffen, damit hatte ich gerechnet, denn sie sind an der Küste zu Hause. Nicht vorbereitet war ich darauf, noch im September die rote Brust des Kanadakleibers über den Dünen zu sehen oder festzustellen, dass auf dem First von Fo'castle ein entzückender schwarz-gelber Waldsänger sitzt, die schwarzen Spitzen seiner Schwanzfedern Richtung Atlantik gekehrt. Ich sollte aber vorn beginnen und zunächst erzählen, wie Ammern und Waldsänger in diesem Herbst die Küste hinunter bis zu uns gezogen sind.

Die ersten Fremdlinge, die ankamen, waren Ammern. Ammern gibt es hier auch im Sommer, sogar in Hülle und Fülle, denn das Marschland und die Salzwiesen westlich der Dünen sind der natürliche Lebensraum für viele verschiedene Arten. Spaziert man an einem Sommertag über diese Grasfluren, sieht man einzelne Tiere, aber auch große Gruppen, die aus den von der Sonne verbrannten Stoppeln aufflattern, um entweder in sicherer Entfernung wieder zu landen und sich zu verstecken oder sich auf die Telegrafendrähte der Küstenwache zu setzen und den Störenfried von dort aus zu beobachten. Besonders häufig sind Singammern, denn diese sympathischen Sänger fühlen sich in der Marsch wie in den Dünen wohl; die Strandammer hält sich derweil am Rande der Marsch und in den abgeernteten Salzwiesen auf, die Spitzschwanzammer bevorzugt die Fahrspuren der Heuwagen, und die sonderbare kleine Heuschreckenammer, *Coturniculus savannarum passerinus*, trillert ihr wunderliches und ergreifendes, aus nur zwei leisen Tönen bestehendes Lied in den prächtigen Sonnenuntergang.

Früh im September trafen Brachvögel in der Marsch von Eastham ein, und um sie zu beobachten, gewöhnte ich mir an, nach Nauset durch die Salzwiesen statt über den Strand zu gehen. Mitte September war die Flut so hoch, dass Marsch und Salzwiesen mit Wasser bedeckt waren, und wenn ich nachmittags des Weges kam, flogen die Brachvögel vom Rand des überfluteten Pfades auf, kreisten durch die Lüfte und riefen ihre Artgenossen; wenn ich die Ohren spitzte, konnte ich die Antwort hören. Dann trat Stille ein, und ich vernahm den Klang des Herbstes und der Welt und vielleicht von jenseits der Dünen matt das Rauschen des Ozeans, der sich zurückzog. Wenn ich an jenen Tagen die offenen Salzwiesen erreichte, waren die Stoppeln von Ammern belagert. Die Population war binnen einer Woche auf das Doppelte angewachsen.

Fuchsammern pickten in Scharen und überall herum. Ich scheuchte größere Gruppen von Grasammern und kleinere von Weißkehlammern auf; eine einzelne Dachsammer musterte mich aus ihrem Versteck in einem Busch. Es war eine stille Schar. Wenn ich vorbeiging, hörte ich leise ihr warnendes *Tsip* und *Chip* – weiter nichts. Das Liebeswerben war getan, nun waren alle vollauf mit den sonstigen Belangen des Lebens beschäftigt.

Am 24. und 25. war es windig und regnerisch, und am 27. sah ich die ersten Waldsänger.

Das Wetter hatte sich gebessert, ich war früh aufgestanden und hatte mit dem Frühstück begonnen. Ich habe mir angewöhnt, dabei mit dem Blick aufs Meer zu sitzen, und nun machte ich es mir gerade am Tisch bequem, als mir ein kleiner Vogel auffiel, der auf der Wiese vor dem Haus nach Futter suchte. Zunächst konnte ich ihn dort nur erahnen, doch dann kam er hervor und drängte sich durch die Halme, sodass ich ihn unbemerkt durch das Fenster betrachten konnte. Dieses erste Exemplar war ein Kanadawaldsänger, ein reizendes kleines Lebewesen, oben blaugrau und unten gelb, und zwischen gelber Kehle und gelbem Bauch ein breites Band aus schwarzen Punkten. Nach Samen pickend, bewegte er sich über den hellen Sand in die lohfarbenen Grasbüschel hinein und wieder hinaus, in das vielfarbige Morgenlicht hinein und wieder hinaus, derweil die Meeresbrise die Spitzen der Halme über seinem Kopf hin und her wackeln ließ. Auf der Suche nach mehr Futter verschwand er plötzlich um die Hausecke, und als ich nach dem Frühstück vor die Tür ging und nach ihm schauen wollte, war er verschwunden.

Dann trafen, alle in derselben Woche, ein Mönchswaldsänger (wohl ein Weibchen), ein Magnolien-Waldsänger und ein Gelbscheitel-Waldsänger ein. Es waren stets einzelne Vögel, sie zogen die Dünen entlang und ernährten sich von Samen, der dort gelandet war. Im Oktober sah ich an einem einzigen Tag fünf Kron-Waldsänger; ein Paar verweilte eine ganze Woche lang unweit der Düne, auf der Fo'castle steht. Dann kamen Junkos und in ihrem Schlepp Merline. Sie alle suchten sich ihr Futter in den Dünen, wobei die Merline etwa eine Stunde vor Tagesanbruch Jagd auf die Junkos machten. Eines Morgens machte ich meine übliche Runde, während der Leuchtturm von Nauset noch sein Licht auf eine düstere, kalte und wolkenverhangene Welt warf, und sah einen Merlin, der unvermittelt aus einer der nördlich gelegenen Einschnitte in den Dünen aufstieg und in seinen Klauen einen bedauernswerten Junko hielt. Der Merlin nahm Kurs auf das Meer und trug seine Beute zum Strand, wo er sich eine geschützte Ecke im Windschatten des Sandwalls suchte und einen Moment lang aufmerksam die Lage sondierte, ehe er sich wieder entspannte und zu fressen begann.

Es gab noch viele weitere Landvögel, die hier durchzogen,

aber ich werde nicht näher auf sie eingehen, denn die Aufzählung und Beschreibung von Spezies scheint mir weniger interessant als der Umstand, dass sie hier überhaupt anzutreffen sind. Dieser äußere Arm von Cape Cod ist, wie ich bereits erklärt habe, etwa dreißig Meilen von der Festlandküste entfernt, gleichwohl gibt es auch kleine Landvögel, die ebenso selbstverständlich hier entlang nach Süden ziehen wie etwa arktische Gänse. Während ich an einem bewölkten Morgen diese Zeilen aufschreibe, in den Ohren das entfernte Brausen des Meeres, fällt mir das Mönchswaldsänger-Weibchen ein, das ich vor zwei Wochen sah, und ich frage mich, woher es stammte und warum es seine vertraute Heimat verlassen und die Nähe des grauen Ozeans gesucht hat, eines Ozeans, den es vermutlich gar nicht kannte. Welch ein Beleg für Urvertrauen und frischen Mut ein solcher Flug doch ist, welche Missachtung von Gefahr und Tod – das feindliche Meer und ein kleiner Vogel, der das Land hinter sich lässt, ins Unbekannte aufbricht und unbeirrbar der Richtung folgt, die sein angeborener Instinkt ihm vorgibt.

Aber wer vermag zu sagen, über welche Routen diese Landbewohner das Kap erreichten? Einige Arten, so denke ich, fliegen über die Massachusetts Bay und wählen für den Absprung die Region nördlich von Boston (zum Beispiel Cape Ann oder Ipswich), andere kommen vom South Shore herüber und starten irgendwo nördlich der Cape Cod Bay, wiederum andere kommen zweifellos direkt aus Maine. In der dicht bewaldeten Inselwelt von Maine leben bekanntermaßen viele Waldsänger. Es ist gut möglich, dass die Arten, die ich nannte, großen Flüssen wie dem Kennebec oder dem Penobscot bis zum Meer gefolgt sind und von der Mündung aus Kurs auf Cape Cod genommen haben. Der Leuchtturm in den Highlands peilt von

Seguin Island in der Mündung des Kennebec aus in südsüdwestlicher Richtung, zwischen beiden Punkten liegen 101 Meilen offenes Wasser. Für die Vögel ist das gut zu schaffen.

Überall auf der Welt legen Landvögel auf ihren Wanderungen große Entfernungen über offenes Wasser zurück. Zahllose Vögel pendeln beispielsweise zweimal im Jahr zwischen Europa und Nordafrika über das Mittelmeer hinweg, auf unserer Seite der Erdkugel gibt es Wanderungen über den Golf von Mexiko sowie zwischen den Westindischen Inseln und den am Atlantik liegenden Südstaaten der USA.

Gegen Ende Oktober fegte aus Ost ein Sturm über uns hinweg, und als das Nachmittagshochwasser einsetzte, zog ich mein Ölzeug an und ging hinaus, um die Brandung anzusehen. Als ich mich etwa eine Meile nördlich von Fo'castle durch den Regen schleppte, sah ich voraus knapp über den Wellen einen Fleck, der sich aus dem dort liegenden Wrack löste, auf das Land zuflog und schließlich in der Brandungszone am Strand niederging. Ich lief hin und konnte meinen Fund gerade noch aufheben, ehe die schaumige Brandung ihn unter sich begrub. Es war ein herbstliches Blatt, das Blatt eines Ahornbaumes, rot und platt und triefnass.

Mitte Oktober sind die Landvögel wieder fort. Nur ein paar Ammern harren noch in der Marsch aus. Die Sträucher der Strandpflaume haben ihre Blätter abgeworfen. Wenn ich den Strand entlanggehe, kann ich in der veränderten Form der Wolken den Winter erkennen.

III

Der Horizont im Westen wird durch Wolken verdunkelt, dunkle Massen winterlicher Wolken, hinter denen die Sonne vorzeitig untergeht, was die ohnehin kürzeren Tage weiter verkürzt. Nun bevölkern See- und Wildvögel den Strand, sie kommen aus dem einsamen und dunklen Norden, vom Arktischen Ozean und aus dem vorrückenden Packeis, von den kleinen und großen unbewohnten Inseln, die zwischen dem amerikanischen Kontinent und dem Pol liegen, aus der Tundra und der Steppe, aus den Wäldern, von den klaren Seen, den von Nestern bedeckten Spalten und Simsen atlantischer Felsen, die nie ein Mensch benannt oder vermessen hat. Von seiner flachen Kuppe kommend, ergießen sich vitale Ströme über das Erdenrund und tragen Arten und Tribus, Scharen und Flüge, Sippen und Familien, Junge und Alte gen Süden. Zurück bleiben das welke Grasland, der Schnee des Oktobers und die Wälder, während die ziehenden Geschöpfe einen ersten Blick auf das Meer erhaschen.

Es gibt viele solcher Ströme, und es heißt, dass zwei der größten von ihnen über Cape Cod führen. Ein erster, der im Inneren Alaskas entspringt, führt südöstlich über Kanada zum Atlantik; mit diesem Strom ziehen Vögel aus den nördlichen Wäldern und den kanadischen Seen gemeinsam mit Artgenossen aus den Steppen des Nordens sowie den arktischen Inseln und Halbinseln; ein zweiter Strom, der seinen Ursprung im Schatten des Nordpols hat, verläuft entlang den Küsten Grönlands und Labradors nach Süden – ihn nutzt das abgehärtete arktische Völkchen, das von und mit den Gezeiten lebt. Viele Arten sind in beiden Strömen anzutreffen. Irgendwo nördlich von Cape Cod, vermutlich an der Mündung des Sankt-Lorenz-Stroms, mischen sich beide, ehe es weiter Richtung Süden nach Neuengland geht und sie als große, vereinte Flut die Küste und den Himmel mit urweltlichem Leben überschwemmen.

In den Kanälen und Wasserläufen sitzen nun Enten, manche fliegen von der Bucht heran, andere kommen vom offenen Meer, Gänse lassen sich bei Sonnenuntergang in den golden schimmernden Senken im Westen nieder, ganze Schwärme Großer Gelbschenkel kreisen in der Düsternis und verstecken sich, wenn sie gestört werden, in den hochgewachsenen Gräsern zwischen der Marsch und den Wasserläufen. Bei Einbruch der Dunkelheit und im Morgengrauen höre ich die Vögel miteinander reden. Fremde in Gummistiefeln und Kakiuniformen besuchen nun mein Reich, und an jedem Samstagnachmittag kann ich durch das Fenster nach Westen staunend beobachten, wie sich dort ausgewachsene Grasbüschel versammeln, die sich als Jäger verkleidet haben.

Seit ich beschlossen habe, hier den Winter zu verbringen, beobachte ich an mir Züge eines jener Menschen, die allem erdenklichen Strandgut nachjagen. Wenn ich aufs Meer hinausschaue, entdecke ich mitunter irgendetwas, das sich hebt und senkt, in den Wellen auftaucht und wieder verschwindet, und bei einem solchen Anblick erwacht in mir die Sammlernatur. Alle möglichen Dinge werden an den riesigen Strand gespült, und noch die wertlosesten haben etwas von einem Schatz. Das mysteriöse Etwas, das aus der Dünung in die Brandung gelangt, mag nichts weiter sein als ein muffiger Bottich für Köder, der über die Reling eines Fischkutters aus Gloucester gegangen ist, ein Hummerkorb oder eine Kiste, auf der in Schablonenschrift der Name des Schiffes steht, das es verloren hat; im Meer aber oder am Strand eine Meile voraus ist es etwas, das wie ein Geschenk zu einem kommt, es ist das Unbekannte, es ist die Hoffnung, die für alle Zeit in der menschlichen Brust lodert. Vor ein paar Tagen ertappte ich mich dabei, wie ich gedankenversunken ein blaues Marinehemd der US Navy untersuchte, das flach und vollgesogen und einsam am unteren Strand lag. Seinerzeit war es kein ungewöhnliches Kleidungsstück, und ich habe im Ort einen alten Freund, der ein solches Hemd, das er südlich des Leuchtturms gefunden hat, bisweilen anzieht. Dieses Exemplar jedoch war verfault und zudem viel zu klein. Ich schnitt aber die Knöpfe ab, um sie aufzuheben.

Noch während ich dastand und die Knöpfe abtrennte, blickte ich zufällig einen Moment lang in den Himmel südlich von mir, und zum ersten und einzigen Mal in meinem Leben sah ich einen Flug Schwäne. Sie flogen weit draußen auf dem Meer parallel zur Küste und fast so hoch wie die Wolken, sehr schnell und so unbeirrt wie ein Pfeil, den ein Bogen abgeschossen hat. Prächtige weiße Tiere hoch oben an einem blauen Oktoberhimmel über der gravitätischen Rastlosigkeit des Ozeans – ihr Vorbeiflug war wie Musik, und von ihren Schwingen ging jene Anmut aus, die uns mit unserem irdischen Dasein versöhnt.

IV

Den Höchststand erreichen die herbstlichen Besuche in den letzten beiden Oktoberwochen. Im November und Dezember ebbt der Strom aus dem Inland ab, aber der Küstenstrom fließt unverdrossen weiter und bringt eine seltene und seltsame Welt mit sich. Von der will ich etwas ausführlicher erzählen, weil ich sie für ungeheuer interessant halte.

Nun, da ich mich dem Ende meiner Anmerkungen zu den Vögeln des Herbstes nähere, fällt mir ein, dass eine der seltsamsten und schönsten Wanderbewegungen über den Dünen nicht die von Vögeln war, sondern die von Schmetterlingen. Es war an einem Morgen im frühen Oktober, der mit höher steigender Sonne ein milder, in den September passender Tag zu werden versprach; der Wind war herbstlich, wie ich mich erinnere, denn er kam aus Nordwest, doch war er eher mild und lau. Weil es ein Tag war, der draußen verbracht werden wollte, ging ich um kurz nach zehn hinters Haus, dorthin, wo die Sonne schien, um an einer Kiste zu arbeiten, die ich aus Treibholz zu bauen begonnen hatte. Wie immer sah ich mich um, allerdings ohne dass mir etwas auffiel. Ich sägte und hämmerte etwa eine Dreiviertelstunde lang, dann legte ich das Werkzeug beiseite, um eine kurze Pause zu machen.

Während dieser einen Stunde war ein Schwarm von zwanzig oder mehr großen schwarz-orangen Schmetterlingen eingetroffen. Es war tatsächlich ein Schwarm, doch die einzelnen Mitglieder hielten großen Abstand zueinander. Zwischen zwei Tieren lag jeweils mindestens eine Achtelmeile; manche waren in den Dünen, andere in den Salzwiesen, drei am Strand. Ihre Bewegungen waren so unvorhersehbar wie der Wind, und doch trieb es sie unverkennbar gemeinsam in Richtung Süden. Ich versuchte, einen der Reisenden am Strand zu fangen, und obwohl ich ein guter Läufer bin, fiel es mir nicht leicht, mit seinen Drehungen und Wendungen Schritt zu halten. Dabei wollte ich ihm doch nichts tun; ich wollte ihn nur genauer ansehen. Doch er entkam mir, indem er höher stieg und hinter der Kuppe einer Düne verschwand. Als ich eine steile, sandige Flanke der Düne erklommen und den Gipfel erreicht hatte, war der Flüchtige bereits eine gute Achtelmeile entfernt. Mit deutlich gestiegenem Respekt für die fliegerischen Fähigkeiten von Schmetterlingen kehrte ich zu meiner Tischlerarbeit zurück.

Ein Entomologe, mit dem ich korrespondiere, meinte, dass es sich bei meinen Besuchern zweifelsohne um Monarchfalter, *Anosia plexippus*, handelte. Im Frühherbst sammeln sich die erwachsenen Tiere zu großen Schwärmen und ziehen allmählich Richtung Süden, und man nimmt an (ohne es beweisen zu können), dass die in Neuengland heimischen Exemplare bis nach Florida wandern. Im darauffolgenden Frühjahr tauchen einzelne Tiere (nicht ganze Schwärme) im Norden auf, die offenbar aus dem Süden kommen. Wir wissen nicht – ich zitiere den entsprechenden Passus fast wörtlich –, ob es sich dabei um Rückkehrer handelt oder um Tiere, die zum ersten Mal im Norden sind. Wir wissen hingegen mit Sicherheit, dass keines der Tiere, die sich im Herbst auf den Weg machen, vorher jemals im Süden war.

Die Schmetterlinge von Eastham blieben den restlichen Vormittag über in den Dünen. Ich nehme an, dass sie nach Futter suchten. Zwischen halb eins und halb zwei verschwanden sie auf so geheimnisvolle Weise, wie sie gekommen waren. Mit ihnen verabschiedete sich der letzte Widerhall des Sommers und seiner Wärme aus den Dünen. An diesem Tag baute ich meine Kiste zu Ende, füllte sie und begann, rund um den Sockel meines Hauses einen Wall aus Seegras aufzuschichten. In der lauen Nachmittagsluft zirpte eine unverwüstliche Grille, die in ihrer Höhle unter meinem Stapel aus Treibholz ausharrte, und jenseits dieses vertrauten Klangs der Erde hörte ich das Dröhnen des Ozeans, der der Unbeschwertheit des Tages sein unerbittliches Memento entgegensetzte.

Kapitel 3

Die Brandung

I

Heute früh will ich mich an etwas versuchen, was mir, soweit ich mich erinnere, bislang weder in einer Zeitschrift noch in einem Buch begegnet ist, und zwar an einem Kapitel darüber, in welcher Weise, welcher Gestalt und mit welchen Geräuschen der Ozean auf den Strand trifft. Ständig fragen mich Freunde nach der Brandung am großen Strand und ob mich das Geräusch nicht mitunter beunruhigt oder gar verfolgt. Ich antworte ihnen darauf, dass ich es nicht mehr bewusst wahrnehme, und auch wenn es den ganzen Tag lang auf meine wachen Ohren trifft und bei Nacht auf die schlafenden, leiten die Ohren das Getöse nur sehr selten an das Gehirn weiter. Ich höre es morgens, wenn ich aufwache und zu mir komme, lausche eine Weile, bis es mir wieder vertraut ist, und vergesse es schließlich; tagsüber höre ich es nur, wenn ich innehalte und danach horche oder wenn ich durch eine Veränderung des Geräusches in meiner Gewöhnung aufgeschreckt und neugierig werde.

Die Menschen hier sagen, dass die großen Wellen in Dreiergruppen auf die Küste treffen. Drei große Wellen, gefolgt von einer unbestimmten Anzahl kleinerer, dann wieder drei große Wellen. An der Küste Frankreichs ist es jede siebte Welle, die sich wie ein König aus der grauen, kalten See erhebt. Der besagte Rhythmus auf Cape Cod nun ist kein halb wirkliches, halb mystisches Produkt der Fantasie, sondern nichts als die Wahrheit. Große Wellen treffen hier tatsächlich in Dreiergruppen auf die Küste. Wieder und wieder habe ich beobachtet, wie drei Brecher hintereinander vom Atlantik her anrollen, die vorgelagerte Sandbank queren, sich überschlagen und neu formen und eine nach der anderen auf den einsamen Strand zurollen, um dort in der Zerstörung ihre Erfüllung zu finden. Die Männer der Küstenwache wissen sehr genau um diesen Rhythmus und machen sich die der letzten Welle folgende Stille zunutze, um ihre Boote ins Wasser zu setzen.

Richtig ist, dass es auch einzelne große Wellen gibt. So manche hat mich des Nachts aus dem Schlaf gerissen. Von dem gewaltigen und gänzlich unerwarteten Lärm aufgeschreckt, habe ich mitunter noch die letzte Phase des Einsturzes gehört, manchmal aber auch nur noch das vernehmliche, sich wieder entfernende Rauschen danach. Diesem Rauschen folgte stets eine kurze Pause, dieser Pause wiederum die Rückkehr des Ozeans im gleichmäßigen Takt einer langen Nacht. Solche einzelnen Giganten, die ihre grünen Wassermassen auf eine friedlich daliegende Welt schleudern, lassen Strand und Düne erbeben. In einer Septembernacht, ich war spät noch auf und las, muss die Mütter aller Wellen höchstselbst vor dem Haus auf den Strand getroffen sein, denn unvermittelt wurde die nächtliche Stille von einem gewaltigen Krachen und einem erdbebengleichen Grollen zerrissen; der Strand erzitterte unter der herabbrechenden Last, die Düne wurde erschüttert, und mein Haus darauf wankte derart, dass die Flamme der Lampe zu zittern begann und die Schattenbilder, die sie auf die Wand warf, verzerrten.

Die drei wesentlichen Geräusche in der Natur sind der Klang

des Regens, der Klang des Windes in einem naturbelassenen Wald und der Klang des Ozeans, der auf einen Strand trifft. Ich habe all diese Geräusche vernommen, doch von diesen drei elementaren Stimmen ist die des Ozeans die beeindruckendste, schönste und variantenreichste. Denn es ist falsch, von der Monotonie des Ozeans zu sprechen oder der Monotonie seines Klanges. Die See hat viele verschiedene Stimmen. Leihen Sie der Brandung Ihr Ohr, hören Sie ihr aufmerksam zu, und Sie werden darin unterschiedlichste Klänge entdecken: dumpfes Dröhnen und tiefes Grollen, helles Trommeln und Trampeln, zischendes Sieden und schrilles, pistolengleiches Knallen, Platschen, Flüstern, unterlegt mit dem Mahlgeräusch von Steinen, die aneinanderreiben, und manchmal sogar dem von Stimmen, die wie aufgeschnappte Fetzen eines Gespräches klingen, das vom Meer herüberweht. Und dieser Klang unterscheidet sich nicht nur in der Art seines Entstehens, er verändert auch ständig das Tempo, die Tonhöhe, die Farbe und den Rhythmus. Mal ist er laut und donnernd, dann wieder friedlich und sanft, mal wütend, dann wieder feierlich und getragen, mal ist der Rhythmus schlicht und gleichmäßig, mal ungestalt und doch Ausdruck von Vorsatz und elementarem Willen.

Jede Stimmung des Windes, jede Veränderung des Wetters, jede Phase der Tide – für alles hat das Meer eine je eigene Musik. Bei Ebbe hat die Brandung einen bestimmten Klang, bei Flut einen anderen, und der Wechsel zwischen beiden vollzieht sich am deutlichsten vernehmbar während der ersten Stunde nach Einsetzen der Flut. Im selben Maß, in dem die ihre Kraft zurückerlangt, wird die Brandung lauter, und mit erneuerter Kampfeslust nimmt sie ihre Attacken auf das Land wieder auf, Takt und Klang ihrer Angriffe ändern sich mit dem neuerlichen Beginn des Krieges.

Der Klang der Brandung in den herbstlichen Dünen – er kennt weder Anfang noch Ende. Es ist der Klang unaufhörlichen Auffüllens, endlosen Heranrollens und Sammelns, ewiger Abfolge von Vollendung und Verfall, steter Fortpflanzung und stetem Tod. Ich habe versucht, die Gesetzmäßigkeiten und Bestandteile dieses Klangs zu ergründen. Dominierenden Anteil daran hat der gewaltige Lärm einer jeden anrollenden Welle. Er ist mal dumpf und dröhnend, mal tief und tosend, dann wieder ein mehrstimmiges Gebrüll. Der zweite bestimmende Bestandteil ist das wilde Brodeln der sich brechenden Welle und das Auftreffen der schäumenden Wassermassen auf dem Strand – dieser zweite Ton ist *diminuendo*. Der dritte Bestandteil ist das unaufhörliche Zischen der Gischt, die den Strand hinaufgleitet. Die ersten beiden Geräusche nimmt das Ohr als eines wahr – das Dröhnen vom Einschlag der tonnenschweren Wassermassen und das Rauschen der den Strand hinauflaufenden Welle –, und dieser Mischklang wird abgelöst vom der Gischt entweichenden Zischen des dritten. Wie Vögel wehen über diesem Getöse Fetzen von Geräuschen, die wir mit dem Wasser verbinden: Plätschern und Planschen, Säuseln, Brodeln, Klatschen und Glucksen. Das entfernte Geräusch weiterer Wogen, das sich mit einem unspezifischen Rumpeln mischt, erfüllt Erde, Meer und Luft.

Hier unterbreche ich meine Schilderung, um den Leser darauf hinzuweisen, dass ich zwar das Entstehen und Vergehen eines einzelnen Brechers beschrieben habe – eines idealtypischen Brechers –, die Brandung aber als ein fortlaufender Prozess verstanden werden muss, in dem eine Welle auf die andere folgt und diese sich gegenseitig stören, ergänzen oder erdrücken. Und ich habe den Klang der Brandung bei gutem Wetter beschrieben. Bei Sturm folgt die Brandung denselben

Gesetzen, hinzu kommt aber ein *Mahlen*, und dieses düstere, an den Tod gemahnende Geräusch – das jeden Seemann in Angst und Schrecken versetzt – ist eine Variation des zweiten beschriebenen Tons; es ist das Krachen einer Sturzsee, deren Wassermassen sich tosend über den Küstenstreifen ergießen und den Strand mitzureißen drohen. Ein befremdliches Grundgeräusch, wenn man es durch das laute, schrille Kreischen eines Sturmes hört.

Sich brechende Wellen, die einen steil aufsteigenden Abschnitt des Strandes hinaufmüssen, werden oft gefolgt von einem schleifenden, mahlenden Geräusch. Es stammt von jenem vorwitzigen Wasser, das den Berg wieder hinunter und zurück zum Meer läuft. Am lautesten ist es, wenn die Brandung bei Niedrigwasser Steine auf dem unteren Strandabschnitt hin und her rollt.

Am vertrautesten ist mir wohl das Geräusch der Brandung kurz nach dem Zubettgehen. Auch in dieser Umgebung lese ich, bis mir die Augen zufallen, und beim Lesen höre ich das rhythmisch auftretende Tosen, das die Dunkelheit erfüllt. Fo'castle steht so nah am Rande des Ozeans, dass ich bei gutem Wetter nicht ein durchgängiges Getöse höre, sondern vielmehr das unaufhörliche Anrollen, Sich-Brechen und Kollabieren einzelner großer Wellen unterscheiden kann. Durch das dunkle, scharf umrissene Rechteck des Fensters lausche ich dem Rauschen und Stoßen, dem Trampeln und Grollen, das sich von ferne daruntermischt, ohne des sonoren und vertrauten Klanges je überdrüssig zu werden.

Weiter weg vom Strand mischen sich die verschiedenen Klänge der Brandung zu einem grollenden, sinfonischen Tosen. In den Herbstnächten ist Eastham erfüllt von diesem Klang. Die »Sommerfrischler« sind abgereist, das Dorf ruht sich aus und bereitet sich auf den Winter vor, aus den Küchenfenstern dringt der Schein von Lampen, und über die Heide, die Weiten der Marsch und das Bollwerk der Dünen hinweg hallt das frostige Brausen des Meeres wider. Hört man eine Weile zu, meint man ein einziges fernes und doch Respekt einflößendes Geräusch zu hören; hört man aber länger hin, entdeckt man darin eine Sinfonie aus donnernden Sturzseen, eine unendliche, urgewaltige Kaskade. Darin liegen Schönheit und altertümlicher Schrecken. Zuletzt habe ich es gehört, als ich in einer sternenklaren Oktobernacht durch den Ort ging; es war windstill, die blätterlosen Bäume schwiegen, das Dorf schlief, und die ganze düstere Welt war von dem Klang erfüllt.

II

Die Meere sind das Herzblut der Erde, die Gezeiten, von Sonne und Mond angetrieben und gespeist, lassen es in ihren Adern zirkulieren.

Der Rhythmus der Wellen gleicht dem Puls eines lebenden Organismus. Er ist reine Kraft, die sich in einer endlosen Folge von flüssigen Gebilden manifestiert, die im Moment ihres Erscheinens vergehen.

Ich stehe oben auf meiner Düne und beobachte eine große Welle, die vom offenen Meer heranläuft, und weiß doch, dass ich ein Trugbild vor mir habe, weiß, dass nicht das Wasser sich aus dem Ozean erhoben hat, um auf mich zuzukommen, sondern eine Kraft, die die Gestalt des Wassers angenommen hat, ein körperloser Pulsschlag, eine Schwingung.

Bedenken Sie das Wunder, das sich vor unseren Augen vollzieht. Irgendwo im Ozean, vielleicht tausend Meilen und mehr von diesem Strand entfernt, löst der Pulsschlag der Erde eine Schwingung aus, eine Meereswelle. Ich frage mich, ob diese Kraft ursprünglich kreisförmig wirkt und sich die Wellen des Ozeans ringförmig ausbreiten, wie es der Fall ist, wenn ein Stein die ruhige Oberfläche durchdringt. Vielleicht gibt es ja ozeanische Kreise, die so groß und komplex sind, dass sie unentdeckt bleiben? Einmal in der Welt, beginnt die Welle oder der Bogen, den sie beschreibt, die Reise durch das Meer. Ungezählte Schwingungen gehen ihr voraus, ungezählte Schwingungen folgen ihr. Die Welle nähert sich dem Land, läuft auf die Küste zu, erreicht das Ufer, bricht sich, löst sich auf, ist nicht mehr. Das Wasser aus dem Innersten, das bis zuletzt ausharrte, zieht sich als Schaum zurück, der an Marmor erinnert, wird zum Körper des nächsten Pulsschlages und erneut an Land geschleudert. So geht es Tag und Nacht, und so wird es bleiben, bis das geheime Herz der Erde seinen letzten Schlag tut und eine letzte Welle sich am letzten, verlassenen Strand auflöst.

Doch wenn ich auf meiner Düne stehe, denke ich nicht an Trugbilder und den Puls der Erde, denn ich beobachte die Wellen eher mit dem äußeren als mit dem inneren Auge. Zudem wird das Trugbild durch einen ungewöhnlichen, geradezu übernatürlichen Vorgang ausgelöst – die Formung einer rhythmisch fließenden Wellenbewegung in nahezu gleichbleibender Gestalt. Wir sehen eine Welle eine Viertelmeile vor der Küste, dann wenige Hundert Yard vor dem Ufer, schließlich unmittelbar vor dem Strand und meinen, wir hätten die ganze Zeit ein und dieselbe Wassermasse – Größe und Form haben sich nicht nennenswert geändert – im Blick gehabt; tatsächlich aber hat sich der ursprüngliche Impuls in eine Abfolge flüssiger Körper verwandelt, Körper, die sich so sehr ähneln, so gleich aussehen, dass unser Auge sie individualisiert und bis an Land verfolgt – die dritte Welle, so beschreiben wir es, oder die zweite Welle hinter der großen. Wie seltsam es doch ist, dass dieser Rhythmus der Erde, diese geheimnisvolle Wellenform des Meeres ihre Größe und Form behält, obwohl sie sich inmitten der Kräfte und durch die anderen, denen das Wasser beim Erreichen der Küste ausgesetzt ist, hindurch bewegt. Und welch sonderbare Melange aus Trugbild und Wirklichkeit das alles ist! Am Ende hat das äußere Auge den größten Gewinn.

Gestern wehte den ganzen Tag lang ein Wind aus Nordwest, der noch die letzten Wolkenreste vertrieb. Klar ist es auch jetzt noch, obwohl der Wind auf Ost gedreht hat. Der Himmel erstrahlt heute Nachmittag in makellosem Blau, das von einem Rahmen aus blau-weißer Gischt eingefasst wird. Weit draußen auf See, im Nordosten nahe dem Horizont, schimmert das Meer im schönsten Blau, das ich hier je gesehen habe – ein helles Blau, ein blühendes Blau, ein Blau, wie man es von den Kleidern des Kaisers in chinesischen Märchen kennt. Wer Wellen sehen will, wenn sie besonders beeindruckend sind, sollte an einem solchen Tag kommen, wenn sich der strahlende Himmel im Ozean spiegelt, der Wind leicht und auflandig ist. Kommen Sie am Nachmittag, wenn die Sonne den Brechern gegenübersteht. Kommen Sie früh genug, weil das Funkeln auf den Wellen am schönsten und interessantesten ist, wenn das Licht schräg einfällt, aber noch hell ist. Und kommen Sie unbedingt bei auflaufendem Wasser.

Die Brandung ist hoch, doch jenseits davon, auf dem offenen Meer, erhebt sich aus der blauen, glitzernden Unermesslichkeit eine Welle, die höher ist als die anderen.

Freunde berichten mir von gewissen tropischen Stränden, an denen sich die Wellen über mehrere Meilen erstrecken und schließlich im selben Moment unter kanonenartigem Dröhnen brechen; das gelegentlich zu erleben, so stelle ich mir vor, wäre großartig, ihm dauernd ausgesetzt zu sein, unerträglich. Hier ist die Brandung vielgeteilt; sie nähert sich dem Strand in langen, leicht versetzten Parallelen, manche davon ein paar Hundert Fuß lang, andere eine Achtelmeile, wieder andere, und das sind die längsten, erreichen bis zu einer Viertelmeile und gelegentlich noch mehr. Daher sieht man auf den fünf Meilen Strand, die ich von Fo'castle aus überschauen kann, zu jeder Zeit und Stunde des Tages Wellen heranlaufen, sich brechen, sich brodelnd auflösen und wieder zurückgleiten.

Doch zurück zu der blauen Welle, die aus den blauen Weiten des Meeres heranrollt. Auf der anderen Seite der Welt, gegenüber dem Kap, liegt die alte spanische Provinz Galicien mit den Städten Pontevedra und Santiago de Compostela, bekannt als Wallfahrtsort. (Bei meinem Aufenthalt dort wurde mir eine silberne Herzmuschel angeboten, aber ich lehnte ab und besorgte mir lieber bei galicischen Fischern eine echte Meeresmuschel.) Irgendwo zwischen dieser Region Spaniens und Cape Cod hat der Pulsschlag der Erde diese eine Welle erzeugt und auf den Weg durch das Meer Richtung Westen geschickt. Weit draußen auf See hat ihre Gischt möglicherweise von Luv her den Bug eines Frachters erklommen und die Scheibe des Deckshauses mit Tropfen bedeckt, die großen Linienschiffe haben gespürt, wie sie unter ihrem Kiel entlanglief.

Im Westen erhebt sich ein Kontinent, und der Pulsschlag nähert sich dem Bollwerk von Cape Cod. Etwa eine Zweidrittelmeile vor der Küste ist die Welle noch immer eine Schwingung im Meer, eine Woge. Würde man sie aufschneiden, erhielte man die Kontur eines leicht abgeflachten Halbkreises; der Druckstoß hat die Form eines langen, ansteigenden Buckels. Ich beobachte, wie er sich dem Strand nähert. Auf dem Weg dorthin erhebt sich mit dem Anstieg des Meeresbodens und des Strandes auch die Welle; nah unter Land wird aus dem Buckel eine Pyramide, eine Pyramide, die ihre Form rasch wieder verliert, denn die dem Meer zugewandte Seite wird länger, die dem Land zugewandte krümmt sich nach innen – aus der Welle ist eine Sturzsee geworden. Der Rücken der blauen Gestalt trägt einen gekräuselten Kamm aus klarem, hellem Wasser; Gischt löst sich und fliegt davon. Unter dem zischenden Schaum, der aufgewirbelt wird, wenn weitere Brecher in sich zusammenfallen, streckt der Strand die Hand nach jenem letzten Rest der Welle aus, in dem der Druckstoß in seiner ursprünglichen Gestalt überdauert hat – der seichter werdende Strand lässt die Welle stolpern –, der Gigant taumelt, kippt vornüber und wird von seiner eigenen Masse, die von hinten nachdrängt, umgestoßen. Der Überschlag einer Sturzsee ist nie nur das Werk der Schwerkraft.

Es ist dieses letzte Erscheinungsbild der Welle, das die Vorstellung der Menschen geprägt hat – der lange, dem Meer zugewandte Rücken und der sich kräuselnde Kamm mit dem nach vorn fallenden Grat obenauf.

Sich überschlagend und vorwärtsgeschleudert, bricht die Welle in sich zusammen, die Masse aus glitzerndem Blau zerfällt zu einem Wirrsal aus blendendem, brodelndem Weiß, das herabstürzende Wasser prallt auf den Strand und zurück in eine Höhe, die die ursprüngliche Welle fast immer überragt. Aus der wilden, formlosen Unordnung, die die Freisetzung des Drucks und die Auflösung der letzten Gestalt hinterlassen haben, schießen Fontänen aus Schaum und Ringel aus Gischt. Die Wassermassen, die noch immer wild schäumen und weiß brodeln, drängen nun, wie von einem unsichtbaren Wasserfall angezogen, wieder auf den Rand des Strandes zu. Auf einer Strecke von fünfunddreißig Fuß verringert sich die Wassertiefe von zwei Fuß auf null. Der Saum des andrängenden Wassers dünnt aus, und der letzte Impuls verliert sich zischend in flachen Zungen aus Schaum, die in einem letzten Aufbäumen von Energie und Schönheit den Himmel reflektieren, ehe sie im Strand versickern.

Dann erneut ein Tosen, und das Wasser, das entweichen konnte und sich zurückzieht, wird von der nächsten sich brechenden Welle erfasst und nach vorn geschwemmt. Tag und Nacht, Generation um Generation verfährt die See so in unendlich vielen Variationen, die einem unveränderlichen Rhythmus gehorchen, der von einer filigranen Mechanik aus Zufall und Gesetzmäßigkeit in Gang gehalten wird.

Der Brandung kann ich stundenlang zusehen und mich an dem wilden Spiel und dessen Variationen erfreuen. Ich liebe es, am Strand zu stehen und einer langen Welle zuzuschauen, die sich an mehreren Stellen gleichzeitig bricht, zu beobachten, wie das brodelnde Wasser von diesen Stellen aus nach Norden und nach Süden läuft und zu grollenden weißen Pyramiden aufgeworfen wird, wenn die entgegenlaufenden Kräfte aufeinanderprallen. Oft erfreuen schöne Fontänen das Auge. Wenn sich eine aufragende dickbäuchige Welle bricht, reißt sie eine erhebliche Menge Luft mit sich, und wenige Sekunden nach dem Überschlag bricht der eingeschlossene und komprimierte Dunst als zischender, schäumender Strahl und geysirartige Fahne aus den brodelnden Wassermassen hervor. Im September habe ich einmal Fontänen gesehen, die zwanzig, fünfundzwanzig und sogar dreißig Fuß hoch waren. Manchmal passiert etwas sehr Merkwürdiges: Statt vertikal zu entweichen, entweicht die eingeschlossene Luft horizontal, dann bläst der Brecher wie ein Drache aus seinem Maul eine große Schwade dampfender Gischt ab. Wenn die Sonne scheint, spiegelt sich häufig in dem Moment, in dem sich die Welle bricht, der gekräuselte Kamm in dem nach vorn fallenden Grat. An einem herrlichen Herbstnachmittag sah ich eine schöne weiße Möwe, die den Kamm eines Brechers entlangglitt und dabei von ihrem Spiegelbild in der Welle begleitet wurde.

Erwähnt sei noch ein eigentümlicher Effekt des Windes. Wenn er direkt oder doch fast direkt ablandig weht, liegen die ankommenden Wellen mit ihm im Kampf; wenn der Wind zwar ablandig ist, aber doch hinreichend schräg zur Küstenlinie weht – in einem Winkel, der, sagen wir, nicht größer als zweiundzwanzig Grad und nicht kleiner als zwölf Grad ist –, weichen die Wellen, die aufs Land zurollen, dem Kampf aus und pflanzen sich mit der Längsachse parallel zum Wind fort. Wenn ich in Fo'castle sitze, kann ich die exakte Richtung eines ablandigen Windes oft schlicht an dieser schrägen Ausrichtung der Wellen zur Küstenlinie bestimmen.

Zu keiner Zeit ist der Strand, wie er sich über viele Meilen hinzieht, schöner als dann, wenn die Wellen sich gegen steifen Wind vorarbeiten müssen. Dann scheinen die Brecher die Küste regelrecht zu attackieren. Nähern sie sich, stellt sich ihnen der Wind in den Weg und bildet einen Trutzwall, vor dem sich die herannahenden Streitrösser aufbäumen, ohne sich aufhalten zu lassen, und der Wind lässt ihre Mähnen fliegen. Im Norden wie im Süden sehe ich sie auf das Land zulaufen, die weiße, das Sonnenlicht glitzernd reflektierende Gischt als Mähne, die sich dreißig, wenn nicht gar vierzig Fuß weit hinter ihnen herschleppt. »See-Pferde« werden solche Wellen daher genannt, und Küstenbewohnern auf der ganzen Welt sind sie vertraut. Wer sie in reinster Ausprägung sehen will, sollte an einem heiteren Oktobertag an diesen Strand kommen, wenn der Wind aus Nordwest über die Heide auf die See hinausweht.

III

Enden soll dieses Kapitel mit einigen Absätzen über schwere Brandung.

Am besten beobachten lässt sie sich wohl, wenn der Wind nicht zu stark ist. Ein Sturm baut eine Brandung auf, aber zugleich hält er die anrollenden Brecher flach, macht riesige schäumende, wandernde Hügel aus ihnen, die jenen gleichen, die man von einem Schiff aus auf offener See sieht. Erst wenn der Wind etwas abgenommen hat, nehmen die Brecher ihre Form an. Die ausgeprägteste Brandung, die ich hier je gesehen habe – verursacht durch den nördlichen Ausläufer des großen Hurrikans über Florida jenes Jahres –, hielt drei schöne und nahezu windstille Herbsttage durch. Der Sturm selbst war vorbeigezogen, aber das Meer war bis in große Tiefen aufgewühlt worden. Als ich des Nachts von einem Ausflug in die Stadt zurückkehrte, hörte ich schon in Orleans das Tosen des

Meeres, und als ich in Nauset ankam, war der Strand bis zu den Dünen überflutet und mit einer milchigen Schicht aus Gischt und Mondlicht bedeckt. Ich hatte einen schweren Koffer bei mir und trug Ausgehkleidung, und so fiel es mir schwer, mich über die Dünen und entlang der überfluteten Marsch nach Fo'castle vorzuarbeiten.

Viele Kräfte mischen sich in der Gischt, die ein Sturm aufwirft – der Rhythmus der Erde, der in den Wellen wirkt, die Gewalt des Windes, das Streben des Wassers, den ihm eigenen Gesetzmäßigkeiten zu folgen. Auf See wirft der Sturm gigantische Wellen auf, die vor schierer Größe weit draußen ins Stolpern geraten und als Erstes die vorgelagerte Untiefe überfluten. Sich in einem fort brechend, laufen sie dann auf den Strand zu. Sobald sie ihn erreichen, fallen sie unter lautem Getöse, das sich mit dem Lärm des Sturms vermischt, in sich zusammen. Vom Wind niedergetrampelt, von der unablässig nachströmenden See ergriffen, in die Höhe gehoben und wieder fallen gelassen, verwandelt sich das Meer vor dem Strand in eine grimmig zischende Masse aus marmorierter Gischt, die an den Rändern von fünfzig Fuß breiten Strömen aus Schaum gesäumt wird; das Wasser ist mit Sand angefüllt.

Darunter wüten noch die Gezeiten, die sich vor dem Ostufer von Cape Cod als starker Sog bemerkbar machen. Die Strömung setzt hier in südliche Richtung; alte Wrackteile und Treibholz werden vom Norden heruntergetragen. Wenn ich Freunden von der Küstenwache eine Kiste oder einen Stock zeige, den ich aufgelesen habe, sagen sie mitunter: »Das habe ich vor zwei Wochen oben am Leuchtturm gesehen.«

Nach starkem Ostwind finde ich häufig Dinge am Strand, die aus dem Golf von Maine stammen – junge, entwurzelte Fichten, Markierungsbojen für Hummerkörbe von Matinicus

Isle und, so nach einem Sturm, eine stattliche Zahl von Seeigelgehäusen. Ein weiterer Sturm aus Ost trug einige wunderliche, weil hölzerne Kiesel heran, die der Ozean aus den uralten unterseeischen Wäldern herausgelöst hatte, die unweit der heutigen Küste auf dem Meeresboden liegen. Die Kiesel waren braun-schwarz, geformt wie die Steine, die man am Strand findet, und ebenso glatt.

Das Lebewesen, das ich zuletzt in der Brandung fand, war ein großer Pfeilschwanzkrebs, das erste und einzige Exemplar dieser Art, das ich je in der Natur zu Gesicht bekam. Der arme *Limulus polyphemus*! Die Brandung hatte ihn auf den Rücken gedreht, er hatte sich, wie es seine Art ist, eingerollt, woraufhin die Brandung ihn im Sand eingespült hatte. Ich bemerkte ihn, als eine Schaumschicht ihn drangsalierte und seine Lage langsam kritisch wurde. Also hob ich ihn auf, spülte den Sand von Scheren und Kiemen, hielt den triefenden Kerl am Schwanz hoch und warf ihn so weit seewärts, wie ich nur konnte. Ein Platschen jenseits der Brandungszone, und er war verschwunden, ein Wimpernschlag, und das Meer hatte die Senke, in der er gelegen hatte, wieder gefüllt.

Herbststürme aus Ost und die Fluten des Novembers haben sämtliche Anzeichen des Sommers vom Strand getilgt, die jahreszeitlich bedingt höheren Fluten lappen nun deutlich über den Fuß der Dünen. Vor dieser täglichen Überflutung mit Kälte kapitulieren auch die letzten hungrigen Besucher des unteren Strandes. Ein eisiger Wind weht; wenn er den Sand gegen die westliche Hauswand treibt, dringt ein trockenes Klingeln an mein Ohr. Der Dezember zieht herauf, und an der Küste hält der Winter Einzug.

Kapitel 4

Winter-
sonnenwende

I

Ein Jahr, im Haus verbracht, ist eine Reise entlang einem Wandkalender; ein Jahr, in der freien Natur verbracht, ist der Vollzug eines großartigen Rituals. Um daran teilzuhaben, muss man ein wenig Wissen um die Pilgerreise der Sonne sowie eine gute Portion der natürlichen Empfindsamkeit mitbringen, die selbst die primitivsten Kulturen bemerken ließ, dass sie im Sommer ihren Höchststand erreicht und im Dezember am tiefsten sinkt. Während der zurückliegenden Herbstwochen konnte ich beobachten, wie die große Scheibe im Süden über das Heideland jenseits der Marsch wandert, um zunächst hinter diesem Feld, dann hinter jenem blätterlosen Baum und schließlich hinter dem mit Riedgras bestandenen Hügel zu versinken, auf dem erste Schneeflecken zu erkennen sind. Nach meinem Dafürhalten wäre es ein großer Verlust, wenn wir diese Empfindsamkeit für den Lauf der Sonne verlören. Wenn alles gesagt ist, bleibt er das große Naturdrama, das uns am Leben erhält, und daran keine Freude, davor keine Ehrfurcht zu haben, daran nicht teilhaben zu wollen, heißt, sich der schöpferischen und poetischen Kraft der Natur zu verschließen.

Die Farbenpracht verabschiedete sich aus dieser Welt aus Meer und Dünen wie der Wasserstand bei Ebbe. Zunächst seichter werdend, ohne an Tiefe entscheidend einzubüßen, verschwand sie schließlich mit einem Male vollständig, wofür eine einzige graue Woche zu genügen schien. Aus dem Meer entwich die Wärme, und der Winter zog mit stürmischen Winden und eisigem Starkregen herauf. Der erste Schnee fiel im November, kurz vor Anbruch eines grauen und kalten Tages. Ich hatte am Abend zuvor einen Brief geschrieben, den ich dem Mann der Küstenwache mitgeben wollte, der gegen neunzehn Uhr des Weges kommen sollte, aber aus irgendeinem Grund verpasste ich ihn; und so blieb mein Lichtsignal unbeantwortet, als ich oben auf meiner Düne stand, in die Finsternis starrte und dem dunklen Dröhnen der Flut lauschte. Um nicht bis Mitternacht und auf die nächste Patrouille warten zu müssen, ging ich zum südlich gelegenen Posten der Küstenwache und hinterließ eine Nachricht, in der ich darum bat, dass der letzte Streifengänger, der am nächsten Morgen nach Süden laufen würde, mich wecken und den Brief mitnehmen möge. Gegen halb sechs rissen mich schwere Schritte aus dem Schlaf, dann klopfte es an der Tür, und John Blood betrat die Hütte. Der große, hellhaarige New Yorker war in einen blauen Wollmantel gehüllt und hatte die Mütze tief ins Gesicht gezogen.

»Ahoi, John, schön, dass Sie kommen. Wie ist es draußen?«

»Es schneit. Ich schätze, der Winter ist da«, erwiderte er schmunzelnd. Wir unterhielten uns ein Weilchen, ich übergab ihm den Brief, und noch vor Morgengrauen ging er zurück in die Nacht, den Wind und den Schnee.

Das Feuer war ausgegangen, es war kalt und feucht in Fo'castle, doch Brennholz lag bereit, und schon bald knisterte im Kamin wieder ein Feuer. Den ganzen Winter über stand für die Morgen ein Korb mit kleineren Ästen und Treibholzstücken bereit, und ich begann die Tage damit, die Feuerstelle in Betrieb zu nehmen. Ein Feuer mit hohen, flackernden Flammen wärmt einen Raum schnell und nachhaltig. Nur langsam hielt das Licht Einzug in die Welt, und es stammte nicht so sehr aus Osten als vielmehr aus einem vagen, unbestimmten Irgendwo – ein Licht, das nicht heller wurde, sondern nur mehr. Aus Nordwest trieb Schneegestöber über Marsch und Dünen, das sich in der weitläufigen Landschaft »nirgends niederlassen zu wollen schien«[1] und zum düsteren, rostgrünen und eisigen Meer weiterwirbelte. Ich sah ein halbes Dutzend Möwen von der Marsch heranfliegen. Diese Vögel mögen schlechtes Wetter und haben die Angewohnheit, wenige Minuten nachdem sich eine Wolke vor die Sonne geschoben hat, über die Brandung zu fliegen, und in diesem Naturschauspiel liegt ein merkwürdiges und rätselhaftes Wissen um den Wind verborgen.

Der Schnee huschte über den Strand, ohne dass der Wind ihm eine Pause gönnte; ich sah, wie er in kleinen Strudeln direkt in die anrennende Brandung trieb; er sammelte sich in den Fußstapfen der Männer der Küstenwache, türmte sich an deren Leeseite auf und markierte sie als weiße Flecken am leeren Strand. Der Schnee war von ganz eigener Natur, denn dies war der Schnee des äußeren Kaps und des Nordatlantiks, ein eisiger und kristallener Schnee, der über die Dünen und die Heide eher hinwegstrich, als dass er sich darauf niederließ. Ich riskierte einen Blick nach Norden und sah den Leuchtturm von Nauset, dessen Licht sich gleißend drehte. Doch dann, vor meinen Augen, erstickte der Sturm es zu einem entfernten Glimmen, das schließlich ganz verlosch. Laut Kalender war die Sonne bereits aufgegangen. So begann der ärgste Winter auf dem Kap seit fast fünfzig Jahren, ein Winter mit schweren

Stürmen und Hochwasser, sechs gestrandeten Schiffen und dem Verlust vieler Menschenleben.

An diesem Dezembermorgen hat die Sonne den südlichsten Punkt ihrer Reise erreicht; dort über den weiß brodelnden Untiefen von Orleans erhebt sie sich am grauen Himmel, wobei ihr Licht zu einem silbrigen Schimmer verblasst. An einem solchen Morgen gingen die Menschen früher auf einen Berg und flehten ihren Gott an, er möge zurückkehren in ihre Wälder und auf ihre Felder; der ausgestorbene Stamm der Nausets tanzte womöglich einen zeremoniellen Tanz in der Heide des Landesinneren, und der gleiche Nordwestwind, der heute weht, trug das rhythmische Trommeln hinüber zu diesen Dünen. Es ist ein Morgen, wie dafür gemacht, hinaus auf die Dünen zu gehen und den Winter bei der Arbeit zu beobachten. Zwischen dem kalten Blau des Meeres und den Ebenen der Marsch erstreckt sich der Wall der Dünen; er ist bleicher als die umliegende Landschaft, weil der Strandhafer kein rostrotes Kleid, sondern nur einen Hauch von Gold anlegt, wenn er welkt. Die vielköpfige, üppig sprießende Pflanzenpracht, die wie wilder Weizen im sommerlichen Südwestwind wogte, ist zu einer Ansammlung einzelner karger Halme verkümmert, von denen jeder wie in einer Faust ein Büschel weißlicher, stockiger Grannen hält.

Darunter bewegt sich der Sand. Als Folge der Entblößung der Dünen durch den Rückgang der sommerlichen Vegetation reichen die Winterstürme an den Sand heran, und auf dem gesamten Dünenkamm gerät die oberste Schicht in Bewegung. Die Richtung dieser Bewegung variiert selbstverständlich mit der Windrichtung, doch im Großen und Ganzen strebt sie Richtung Meer, denn im Winter ist die vorherrschende Windrichtung Nordwest. An manchen Stellen hat sich der verwehte

Sand so hoch über den Strandhafer gelegt, dass nur mehr die obersten Spitzen der vertrockneten Ähren herausschauen; andernorts, vor allem auf der landseitigen Flanke der Dünen, hat der Wind den Sand hingegen vollständig von den Pflanzen weggeblasen und ein verdorrtes Wirrwarr aus Wurzeln und Halmen hinterlassen. Hier und dort findet sich im abgestorbenen gräulichen Gras ein kleiner Schneetupfen, Relikt eines Sturms, der vor zwei Wochen wütete. Solche Tupfen können sich hier unerklärlicherweise mehrere Wochen lang halten, und ihnen haftet die Aura von etwas Missachtetem und Vergessenem an.

Ich habe die Bewegung des Sandes auf der Oberfläche der Dünen beschrieben, doch die eigentliche Arbeit des Winters besteht darin, dass er die Sandmassen zum Stillstand bringt, sie ruhigstellt. Die Sonne liefert nicht mehr genügend Wärme, um den Sand zu trocknen, Feuchtigkeit macht sich auf und in ihm breit, er fließt nicht mehr so leicht, legt dafür an Gewicht und Umfang zu. Fußspuren, die der Sommer in einer Viertelstunde verwischt, überdauern in geschützten Lagen nun mehrere Tage und sogar Wochen. Auch die Farben des Winters sind andere. Der warme Goldton verschwindet und wird durch ein kaltes Silbergrau ersetzt, aus dem das Funkeln der Sonne gewichen ist.

Das tierische Leben hat sich in die kühle Luft und den schweren, unbeseelten Sand zurückgezogen. Vom Treiben der Insekten ist an der Oberfläche nichts mehr zu sehen. Die Vielzahl ihrer Fährten, all die fantastischen Schleifen, die Grashüpfer, promenierende Fliegen, Spinnen und Käfer in den Strand zeichneten, während sie jenen Wegen nachgingen, die Hunger und andere geheime Absichten ihnen vorgaben, sie haben sich aus dieser Welt verabschiedet und sie umso karger hinterlassen. Die unzähligen, unbegreiflich vielen Lebewesen, diese unermüdlich krabbelnden und summenden Kreaturen, die die Natur erschaffen hat, einer unbekannten Absicht folgend, vielleicht aber auch nur, um die Lust an einem bestimmten Klang oder einer exquisiten Farbe zu befriedigen – wo sind sie jetzt in dieser riesengroßen Welt, die bis auf das dunkle Grollen der Brandung und das Tosen des Windes, der sich in den Ohrmuscheln verfängt, stumm geworden ist? Während ich darüber nachsinne, beschleicht mich das Gefühl, dass wir die große Sinfonie, die die Insekten auf der Bühne der Natur aufführen, nicht genügend würdigen, sondern für so selbstverständlich nehmen, dass wir sie bewusst kaum mehr wahrnehmen. Doch all die kleinen Geigen im Gras, die Harfen und Flöten, sind sie nicht anmutiger, als Worte es ausdrücken können, wenn sie in einer lauen Sommernacht bei Mondschein erklingen? Ich mag auch die Bewegung, die ihr Treiben einer Landschaft verleiht, ihr unerklärliches Kommen und Gehen und wenn sich beim Schwebeflug der Glanz der Sonne in ihren Flügeln reflektiert. Hier und jetzt ist von der sommerlichen Insektenwelt nichts zu sehen, und doch spürt man ihre Nähe, die unzählig vielen Eier im Gras, in der Marsch und im Sand, die aus dem pulsierenden Fleisch unzähliger Mütter stammen, gewissenhaft versiegelt und versteckt wurden und nun darauf warten, dass die Erde durch den Weltraum eilt und die Sonne wiederkehrt.

Ich stoße auch auf keine Pfade mehr, die von kleinen Pfoten und mit Krallen besetzten Füßen stammen, ein jeder Zeugnis eines je eigenen Rhythmus, einer ganz eigenen Mechanik des Gehens und Laufens. Die Stinktiere, die nicht eher weichen, als bis sie über den letzten verfrorenen Grashüpfer hergefallen sind und ihn gefressen haben, liegen nun lethargisch in ihren dunklen, kuscheligen Höhlen unter der Erde, den Herzschlag gegenüber dem Sommer gespenstisch abgesenkt. In die Dünen graben sie sich offenbar nicht ein, vielleicht, weil ein weiser Instinkt sie warnt, dass eine Höhle in diesem lockeren Sand sie jederzeit im Schlaf überraschen und über ihnen zusammenbrechen könnte. Im November siedeln sie deshalb von den Dünen auf die festen Böden der Heidelandschaft im Landesinneren um. Der Hügel gleich hinter den Dünen ist mit ihren Winterquartieren nur so gespickt. Zweimal während des Winters habe ich eine verwilderte Hauskatze gesehen, die am Rande der Marsch jagte, und mir fiel auf, dass sich ihr Gang durch die Entlassung in die Freiheit vollständig verändert hatte; sie schlich wie ein Panther, den Bauch nah am Boden. Eine große braune Katze mit langem Fell und einem wild dreinschauenden, außergewöhnlich dümmlich wirkenden Gesicht. Ich nahm an, dass sie Jagd auf Lerchen machte, die in den Stoppeln der Salzwiesen nach Futter suchten. Ein andermal sah ich die Fußabdrücke eines Rehs im Sand, doch von diesem Tier und seinen Abenteuern in der gefrorenen Marsch will ich später berichten.

In Orleans wurde ein Otter gesichtet, der hier sehr selten ist. Der Mann, dem das widerfuhr, meinte zunächst, eine Robbe vor sich zu haben, bis das Tier aus den Wogen stieg und den Strand entlanglief. Dann und wann kann ich durch die Fenster von Fo'castle unweit des Ufers den schwarzen Kopf einer Robbe sehen. Im Sommer sind sie an diesem Teil des Strandes seltene Gäste – ich für meinen Teil habe keine einzige gesehen –, im Winter aber führt sie die Suche nach Futter bis in die Brandungszone. Bei der Jagd bedienen sie sich eines Tricks: Sie tauchen unbemerkt unter eine Gruppe Enten und packen sich eines der Tiere, um dann mit Fleisch und zuckendem Gefieder im Maul wieder zu verschwinden. Es folgt ein kurzes Durcheinander: Jene Enten, die mit dem Leben davongekommen sind, heben mit wild schlagenden Flügeln vom Wasser ab, stieben auseinander, fliegen im Kreis umher und versammeln sich wieder; derweil hat die Natur sämtliche Spuren des Kampfes getilgt, das Meer rollt heran wie eh und je.

Im Norden hat sich eine jener sonderbaren Tragödien ereignet, eines jener grausigen, urgewaltigen Dinge, die in einer urgewaltigen Welt nun einmal passieren. Neulich Abend berichtete mir mein Freund Bill Eldredge aus Nauset von einem Unglück, das sich am Morgen des Tages vor der Nordspitze der Halbinsel zugetragen hatte. Zwei Fischer, die Provincetown in einem stabilen, dreißig Fuß langen Fischerboot verlassen hatten, waren unter den Augen der Menschen am Strand offenbar in Schwierigkeiten geraten; schließlich trieb das Boot in die raue Brandung, kenterte und sank mitsamt der Besatzung. Einige Tage später führte der Dienst Bill erneut nach Süden, und wir standen eine Weile lang am Fuß der Düne von Fo'castle zusammen und unterhielten uns. Es war eine herrliche Nacht, die Sterne des Winters leuchteten hell, die See war ruhig. »Erinnerst du dich noch an die beiden Fischer, von denen ich erzählt habe?«, fragte Bill. »Man hat sie beide gefunden. Einer von ihnen hat einen Sohn, der bei der Küstenwache in Wood End arbeitet. Als der letzte Nacht von seinem Patrouillengang zurückkam, hat er am Strand den Leichnam seines Vaters entdeckt.«

II

In der Nacht zum Sonnabend, den 1. Januar, war es an der Küste stockdunkel. In der Düsternis hatte das Leuchtfeuer von Nauset einen rötlichen Stich, und mit jeder Drehung warf es sein Licht auf eine Welt, die wie eine Scheibe geformt und zwischen der dunklen Masse der Erde und einer tief hängenden schwarzen Wolkenschicht eingepfercht war. Der Wind wehte auflandig und stark. Kurz nach Mitternacht entdeckte ein Mann der Küstenwache, der von der Station Cahoon Hollow Richtung Süden patrouillierte, in der Brandung einen Schoner. Die Wellen schlugen über das Deck, die Besatzung hatte sich in die Takelage gerettet und brüllte um Hilfe. Ich schreibe »brüllen«, ohne mich der Ausdrucksweise zu schämen, denn »rufen« oder ein anderes Verb, das hier der Sache nach stehen könnte, würde weder dem Geschehen gerecht noch den Ton vermitteln, der in jener Nacht zu vernehmen war. Nachdem er eine rote Signalfackel gezündet hatte, um die Schiffbrüchigen wissen zu lassen, dass sie gesehen worden waren, eilte der Patrouillengänger zurück zu seiner Station und schlug Alarm. Die Besatzung von Cahoon Hollow unter dem Kommando von Captain Henry Daniels zog ihren Wagen mit der Ausrüstung für Seenotfälle den Strand entlang und durch eine Brandung, die bis hinauf zu den Dünen lappte, und brachte mit der Hosenboje jeden einzelnen Mann in Sicherheit. Die zügige und beherzte Rettungsaktion war keine leichte Aufgabe, wurde sie doch durch das Hochwasser und die Wellen, die den Schoner überspülten, massiv erschwert.

Ich sah das Schiff erstmals am Nachmittag des folgenden Tages. Es handelte sich um den Schoner *A. Roger Hickey*, einen zweimastigen, motorisierten Fischdampfer, der von seinen Fanggründen kam und auf dem Weg nach Boston war. Wie es hieß, war der Kompass ausgefallen. Ich erblickte das Schiff vom höchsten Punkt eines Weges aus, der die Steilküste des Kaps hinunterführt. Es lag etwa eine Meile nördlich von mir auf dem Strand, ein typischer Bostoner Fischdampfer mit rotem Unterwasser- und schwarzem Überwasserschiff. Die Länge schätzte ich auf etwas mehr als hundert Fuß. In ihrer schieren Größe und Ungeheuerlichkeit bot die Szenerie ein Bild von einzigartiger und bewegender Schönheit; es dürfte schwer sein, den Anblick je zu vergessen, zu dem sich der gewaltige jadefarbene Ozean unter einem heiteren Himmel, der sepiabraune Strand mit dem darüberliegenden violett schimmernden Dunstschleier, das leuchtende Schiff in seiner aussichtslosen Lage und die kleinen schwarzen Figuren verbanden, die auf ihm und um es herum liefen. Der Strand hatte bereits begonnen, seine Beute auszuweiden. Auf meinem Weg zum Schiff stieß ich auf gesplittertes Holz, einen intakten, weiß gestrichenen Lukendeckel und mehrere Bündel klitschnasser Anhänger aus Manilapapier, auf die in großen schwarzen Lettern der Name eines Fischhändlers gedruckt war.

Schließlich kamen mir drei Damen aus Wellfleet entgegen, brave, freundliche neuenglische Hausfrauen, eine jede mit einem großen Schellfisch unter dem Arm, eingewickelt in Zeitungspapier; vorn lugten die drei Köpfe der toten Fische heraus, hinten die drei Schwänze. Offenbar wurde gerade der Fisch verteilt, den die *Hickey* an Bord gehabt hatte, als sie Schiffbruch erlitt.

Als ich das Wrack erreichte, stellte ich fest, dass das Ruder bereits fehlte, die Planken waren arg in Mitleidenschaft gezogen, das Werg stellenweise aus den Nähten gedrückt. Der Schiffshund, der in einer dramatischen Aktion von seinem Herrchen gerettet worden war, saß zitternd am Strand, ein denkbar friedfertiger und bemitleidenswerter brauner Hund, der deutlich erkennbar an Räude erkrankt war. Eine Handvoll Neugieriger, Männer und Knaben in Arbeitskleidung und Gummistiefeln, marschierte um das Schiff herum, die Abdrücke ihrer Stiefel im Sand bildeten eine Kette, andere machten sich auf dem abschüssigen Deck zu schaffen. Captain Henry Daniels von der Küstenwachstation Cahoon, seit vielen Jahren ein guter Freund, war ebenfalls an Bord, und von ihm erfuhr ich, dass die Besatzung bis auf zwei oder drei Ausnahmen bereits mit dem Zug nach Boston gefahren und das Schiff so schwer beschädigt war, dass man alles, was noch irgend brauchbar war, abbauen und den Rest dem Meer überlassen würde.

Mittschiffs, über der geöffneten Luke eines Laderaumes, wurde heftig debattiert. Unten lag der Fang der *Hickey*, eine formlose Masse aus großen grauen Fischleibern: Schellfische mit starrem Blick, Kabeljau mit kräftigen Kinnbarteln, Flundern und Limanden. Debattiert wurde die Frage, ob die Fische wohl in Treiböl gebadet hatten, als die *Hickey* von der Flut erfasst worden und vollgelaufen war. Doch niemand ließ sich von der Möglichkeit abschrecken, und der Fisch, den ein Mitglied der Besatzung an jeden aushändigte, der des Weges kam, erwies sich als exzellentes Mahl.

Also wurde die *A. Roger Hickey* ausgeschlachtet, der Motor und anderes Zubehör ausgebaut. Als Letztes wurde der nackte Rumpf in Brand gesetzt. Am Ende des Winters fand sich von dem Schiff nicht einmal mehr ein Splitter am Strand. Es war das dritte Wrack des Jahres, weitere sollten folgen.

Als sich der Winter über die Bucht legte, erwachte in mir die Vorfreude auf die Zeit, in der ich erleben würde, was sich dort bei Frost zutrug, doch dazu gab es weitaus seltener Gelegenheit, als ich erwartet hatte. Weil es weit in den Atlantik hinausragt, herrscht auf dem Kap ein gemäßigtes Inselklima. Kälte kommt vor, doch die Temperaturen sinken fast nie so tief wie an der Festlandküste von Massachusetts, und dass der Winter, wie es so schön heißt, die Region »in seinen Klammergriff« nehmen würde, damit ist hier nicht zu rechnen, schon gar nicht über einen nennenswerten Zeitraum. Was über dem Festland als Schneesturm wütet, gerät hier zum Regensturm, und wenn ein Schneesturm doch einmal bis auf das Kap durchdringt, überzieht er Easthams Heidelandschaft allenfalls mit einer feinen Kruste. Zwei Tage später sind vom Schnee nur mehr dekorative Tupfen auf den Hängen der mit Riedgras bestandenen Hügel übrig; nach einem weiteren Tag finden sich höchstens Reste in Form von Verwehungen und vereinzelten Inselchen. Selbst in der Heide von Eastham und den Dünen herrscht nicht dieselbe Temperatur. Auf der Nehrung ist es wärmer. An einem durchschnittlichen Wintertag habe ich einen Unterschied von acht Grad Celsius festgestellt.

Echte Kälte – und damit meine ich Wetter mit Temperaturen, die unter die Null-Grad-Marke sinken – ist an diesem Strand folglich nur gelegentlich zu beobachten. Wenn sie kommt, dann kommt sie plötzlich, schafft über Nacht eine neue Welt und verschwindet auch wieder über Nacht. Als Bote dient der Nordwestwind, der aus den Wäldern und von den gefrorenen Seen Nordkanadas kommt und die Kälte über die Bucht von Massachusetts zu uns herüberweht. Ich erinnere mich an eine dieser Nächte, in denen die Kälte hier ankam, eine Dienstagnacht im frühen Januar mit großen Winterwolken, die aufs Meer hinauszogen und sich vor den fahlen Sternen öffneten und wieder schlossen; der Wind war so eisig, dass ich, als ich das Haus verließ, um die Düne hinab und an den Strand zu gehen, nur sehr verhalten und flach atmete. Der folgende Tag war so kalt und trostlos, wie ein Tag nur sein kann. Der Ozean war purpurfarben, stark bewegt und von düsteren Schaumkronen bedeckt; das Morgenlicht war zinnern, über dem Land und dem Meer und dem verwaisten Strand hing der Schleier einer bläulich lilafarbenen, sich machtvoll vorwärtswalzenden Wolke, die auf ihrem Weg zum Atlantik das Kap überquerte. Als ich wie jeden Tag die Düne hinabstieg und zum Meer sah, entdeckte ich einen einsamen Frachter, der sich auf der Suche nach Schutz vor dem Nordwestwind unter Land hielt; wenn das Schiff tief in die Wellen eintauchte, ließ es jedes Mal das Wasser aufstieben, der Bug und das vordere Deck waren bereits mit Eis überzogen. Möwen flogen entlang der ehern schwarzen und düsteren, von der Ebbe niedergedrückten Brandung, ihr weißes Federkleid schimmerte gräulich im matten, arktischen Licht. Der kalte Wind kroch bis in die Knochen.

In der eisigen Nacht hatte sich der Strand geteilt, was sich bei Niedrigwasser am besten sehen und untersuchen ließ. Der obere Strand nahm den Bereich zwischen den Dünen und jener Linie ein, bis zu der das nächtliche Hochwasser gestiegen war; der untere Strand reichte von dieser Hochwassermarke bis zum offenen Meer. Der obere Strand und die Dünen waren hart gefroren. Hier ließ sich trefflich gehen, weil die kleinen, erstarrten Sandkörner sicheren Tritt boten und die Oberfläche, obschon stabil, die Nachgiebigkeit von dickem, nicht versiegeltem Linoleum auf ebenem Boden hatte. Es war ein eigenartiges, ein unnatürliches Erlebnis, mit dem Fuß gegen eine

Erhebung aus gefrorenem Sand zu stoßen. In den Sand eingeschlossen waren kleinere Wrackteile und Büschel aus Seegras – alles so unbewegt wie Steine. Am Fuß der größten Düne fand ich eine männliche Brillenente, auch sie festgefroren. Ein paar beherzte Tritte in den Sand, und sie löste sich. Ich nahm sie hoch, konnte aber keine Verletzung erkennen. Der untere Strand, also jener Bereich, der in der vergangenen Nacht von der Flut bedeckt gewesen war, war am Übergang zum oberen Strand ebenfalls gefroren, doch dort, wo er sanft Richtung Wasser abfällt, war er zwar leicht an-, aber nicht durchgefroren. Wo der Strand und das Meer zusammentreffen, war er überhaupt nicht gefroren.

Zwischen diesen beiden Stränden, einer oben, einer unten, einer hart gefroren, der andere mit einer feinen Kruste versehen, verlief eine Art Grenze, acht bis zehn Fuß breit, ein Niemandsland konkurrierender Kräfte der Natur. Beim nächtlichen Hochwasser waren die brodelnden, schäumenden Zungen der Brandung, die der Ozean der Kälte der Nacht überantwortet hatte, auf dem abfallenden Strand in mehreren Schichten zu salzigem Eis erstarrt, das die Schwünge und schaumgekrönten Grate des Meeressaumes konserviert hatte. Die letzten Ausläufer einer Flut, dieser Ausgeburt an Energie und Bewegung, lagen reglos auf einem Strand, der selbst jeder Bewegung beraubt war; die gezackten Ränder, die kleinen Ringel aus Schaum, die langen, hervorschnellenden, zischelnden Zungen – all das war wie durch einen Zauber im Meereseis festgehalten, das so selbst stark an Schnee erinnert. Am oberen Rand hatte die Brandung lediglich eine Lasur aus Eis auf dem Strand hinterlassen; am unteren Ende war das Eis zwölf bis fünfzehn Inch dick und fiel wie eine Eistorte senkrecht zum Strand hin ab. Auf diese Weise setzte es sich nach

Norden und nach Süden fort, Meile um Meile, so weit das Auge reichte.

Interessant ist auch, was weiter mit dem Eis geschah. Nach zwei Tagen bitterer Kälte drehte sich des Nachts der Wind, und die Flut beseitigte lautlos jede Spur der Eistorten vom Strand. Die Bereiche, auf denen das Eis gelegen hatte, blieben jedoch erkennbar, weil dort Wasser und Sand ein Gemisch gebildet hatten, das noch gefroren war. Dann taute der obere Strand auf, die Kälte kroch aus dem Sand, und der untere Strand, der seine gefrorene Oberfläche jeder Flut geopfert und sie mit jeder Ebbe zurückgewonnen hatte, blieb frostfrei, als sich die Flut ein weiteres Mal zurückzog. Allein zwischen den beiden Stränden überdauerte das verborgene Eis noch zwei Wochen und widerstand der Sonne und Wintertagen mit Dauerregen. Es war, als finde es ein plötzliches Ende und einen ebenso plötzlichen Neuanfang; Sand ließ sich auf den eisigen Stellen nieder, die Flut sickerte zu dem Eis durch, der Strand, der ständig in Bewegung ist und sich permanent mannigfaltigen Kräften ausgesetzt sieht, brach es auf, und doch überdauerte es. Für jeden von uns, die wir den Strand besuchten, wurde diese vergrabene Eisfläche zu einem geheimen Pfad. Die Männer der Küstenwache kannten ihn sehr genau und folgten ihm in den Nächten. Und während ich diese Zeilen schreibe, denke ich daran, wie ich mich in eine Sackgasse verirrte und mit einem Stecken im Sand herumstocherte, um auf den geheimen Weg zurückzufinden. Nach und nach schwächten Sonne und Gezeiten die Widerstandskraft des Eises, und so verschwand es irgendwann, und unsere Füße suchten vergebens danach.

Auch die Marsch bot an diesem bewölkten und kalten Tag ein trostloses Bild. In den Senken entlang den flachen Inseln hatte sich salziges Eis gebildet, die flacheren Kanäle waren vereist, die tieferen mit Eisstücken übersät, die von der Strömung der Gezeiten vorangetrieben und herumgedreht wurden. Die Szenerie bot ein Bild winterlicher Eintracht, weil das Eis die Kanäle und Inseln zu einer großen frostigen Ebene verbunden hatte.

Am nächsten Morgen – die Sonne schien, aber es war noch immer klirrend kalt – ging ich vor die Tür und sah Richtung Marsch. Etwa eineinhalb Meilen entfernt entdeckte ich in einem der offenen Kanäle ein dunkles Etwas, das wie ein großer, fremdartiger Vogel aussah. Vielleicht eine Gans, die sich verirrt hatte? Ich nahm das Fernglas und stellte fest, dass es sich bei dem dunklen Objekt um den Kopf eines Rehs handelte, das im Kanal schwamm, und noch während ich es beobachtete, drang entferntes Hundegebell an mein Ohr. Zwei wildernde Köter hatten sich eigenmächtig auf die Jagd begeben, das Reh entdeckt und die arme Kreatur die Dünen hinunter und in den eisigen Wasserlauf getrieben. Nun schwamm es den Kanal entlang, bis es unvermittelt zur Seite abdrehte und gleich hinter Fo'castle auf eine Insel kletterte. Es war eine junge Ricke, und damals wie heute gehe ich davon aus, dass es dasselbe Tier war, auf dessen Hufabdrücke ich manches Mal in der Nähe meiner Behausung gestoßen bin. Ich nehme an, dass es in den Kiefernwäldern am nördlichen Ende der Marsch lebte und im frühen Morgengrauen zu den Dünen herabgewandert kam. Doch zurück zu dem Abenteuer, das die Ricke durchlebte: Den ganzen Nachmittag sah ich sie auf dem einsamen Inselchen in der Marsch stehen, das hohe, verwelkte Seegras überragte ihren rostbraunen Körper; als die Nacht anbrach, stand sie noch immer dort, ein einsames und verlassenes Säugetier in eisiger Umgebung, zu einem Punkt geschrumpft. Hatte es zu viel Angst, die Insel zu verlassen? Für die Nacht wurde eine außergewöhnlich hohe Flut erwartet, die das Gebiet mit mindestens zwei Fuß Wasser und Eis bedecken würde. Würde die Ricke im Schutz der Dunkelheit an Land schwimmen? Um Mitternacht ging ich vor die Tür und blickte Richtung Marsch, die mit einer dünnen Eisschicht überzogen war und unter einem sternenbesetzten Himmel matt schimmerte; von der Insel, auf die sich das Tier gerettet hatte, konnte ich nicht mehr erkennen als den Schemen von Eis an der mir zugewandten Küste.

Als ich am nächsten Morgen aufwachte, nahm ich als Erstes das Fernglas und suchte die Insel ab. Die Rehkuh war noch da.

Ich habe mich oft gefragt, wie diese zierliche und anmutige Kreatur eine derart entsetzliche Nacht überstehen konnte, wie den langsamen Anstieg des Eises an ihren Beinen und den stürmischen Nordwestwind, der die ganze Nacht toste, in dieser nur von den Sternen beleuchteten Einsamkeit inmitten von überfrorenem Lehm und dem Rauschen der Flut. Der Tag schritt voran, die Sonne erhob sich über der Marsch, und bald stieg auch das Wasser wieder. Ich beobachtete, wie es auf das geflüchtete Tier zulief, und fragte mich, ob es eine zweite Flut überleben würde. Kurz vor Mittag, das Wasser mochte ihre Füße erreicht haben, ging die Rehkuh zum Rand der Insel und sprang in den Kanal, der voller Eisbrei und -schollen war, die mit einigem Tempo hindurchtrieben; die Ricke war geschwächt, das Eis bedrängte sie, stieß sie empfindlich. Sie wirkte desorientiert, zögerte, schwamm hierhin, schwamm dorthin, hielt inne und wurde hart von einer Scholle getroffen, die über sie hinwegzutreiben schien. Trotzdem schwamm sie weiter, verängstigt zwar, aber doch entschlossen, am Leben zu bleiben. Ich hatte die Hoffnung für sie schon fast aufgegeben, als unerwartet Rettung nahte. Mein Freund Bill Eldredge hatte den Anfang des Dramas offenbar mitbekommen, als er tags zuvor auf dem Turm der Küstenwachstation seinen Dienst verrichtete, und am Morgen des zweiten Tages gesehen, dass die Ricke noch immer in der Marsch stand. Für ihr Schicksal hatte sich die gesamte Mannschaft der Station interessiert. Vom Anblick der armen Kreatur, die um ihr Leben kämpfte, tief berührt, setzten sich drei der Männer in ein Ruderboot, bahnten sich mit ihren Riemen einen Weg durchs Eis und führten die Ricke an Land. »Als sie festen Boden erreichte, konnte sie nicht aufstehen, so schwach war sie. Sie fiel immer wieder hin. Irgendwann gelang es ihr endlich, auf die Beine zu kommen, stehen zu bleiben und Richtung Kiefern loszulaufen.«

III

Ich habe noch über den Nordoststurm vom 19. und 20. Februar zu berichten. Die Menschen hier sagen, dass es der schwerste Sturm am äußeren Kap war, seit die *Portland* in jener schrecklichen Novembernacht des Jahres 1898 mit Mann und Maus untergegangen ist.

Los ging es kurz nach Mitternacht in einer Freitagnacht, und das, obwohl das Barometer kaum Anlass zur Beunruhigung gegeben hatte. Am Freitagnachmittag war ich über den Strand zur Station der Küstenwache in Nauset gegangen, auf deren Turm Bill Eldredge gerade Wache hielt. Ich bat ihn, mich zu wecken, wenn er gegen Mitternacht des Weges käme. »Wenn du kein Licht siehst, denk dir nichts dabei«, sagte ich. »Komm einfach rein und weck mich. Vielleicht begleite ich dich sogar zum Strand.« Es kam häufiger vor, dass ich die Männer auf ihren Patrouillengängen begleitete, weil ich gern bei Nacht am Strand spazieren ging.

Kurz nach Mitternacht stand Bill in der Tür, doch ich hatte tagsüber Treibholz gesammelt und aufgeschichtet, war daher müde und beschloss, mich nicht anzuziehen und ihn nicht zu begleiten. Stattdessen setzte ich mich im Bett auf und unterhielt mich im fahlen Schein des Feuers mit Bill. In kalten Nächten legte ich stets ein besonders dickes Holzscheit in den Kamin, in der Hoffnung, dass die Glut bis zum Morgen hielt, doch normalerweise ließ ich das Feuer ausgehen, sodass am Morgen nur ein Haufen Asche übrig war, denn ich habe einen leichten Schlaf, und das Knistern und Flackern in der Feuerstelle hielt mich wach. Das Leben in der Natur schärft die Sinne, und das Alleinsein fördert ihre Wachsamkeit.

Mein Freund von der Küstenwache stand vor dem gemauerten Kamin, den Ellbogen auf den Sims gestützt. In der Dunkelheit konnte ich die Gestalt in ihrer blauen Dienstkleidung kaum erkennen. »Es frischt auf«, sagte er. »Ich fürchte, wir müssen uns auf kräftigen Nordostwind einstellen.« Ich entschuldigte mich dafür, dass ich liegen blieb, begründete es mit meiner Müdigkeit, und nach einer kurzen Unterhaltung erklärte Bill, dass er an den Strand zurückmüsse.

Am Morgen wurde ich vom Heulen des Windes und von Graupel geweckt, der an die Fenster auf der Ostseite meines Hauses klopfte. Ein Sturm aus Nordost, mit Griesel beladen, steuerte, von einem aufgewühlten Ozean kommend, auf das Kap zu, die Ebbe lag im Kampf mit einem Wind, der direkt auf die Küste wehte; in dem weißen Sturm, der aus einem dunklen Himmel fiel, wirkte der verlassene Strand tausendmal verlorener als ohnehin. Der Graupel stand waagerecht in der Luft wie starker Regen, der vom Wind verweht wird. Ich legte Holz nach, zog mich an und ging hinaus, mein Gesicht schützend, indem ich den Kragen meines Mantels hochschlug und es darin barg. Ich trug Korb um Korb Feuerholz hinein, bis die Zimmerecke einem Holzschuppen glich. Dann machte ich das Bett, legte die Tagesdecke aus Neumexiko darüber, zündete den Ölofen an und bereitete das Frühstück: einen Apfel, Haferbrei, Brot, über dem offenen Feuer geröstet, ein gekochtes Ei und Kaffee.

Graupel und noch mehr Graupel, der überfallartig und in gellenden Attacken niederging. Ich hörte ihn auf dem Dach, an den Wänden, an den Fensterscheiben. Im Inneren des Hauses kämpfte derweil das Kaminfeuer gegen das kalte, gequälte Licht an. Meine Gedanken gingen zu dem kleinen Fischerboot, einem dreißig Fuß langen »Flunderfänger«, der abends zuvor etwa zwei Meilen entfernt geankert hatte. Ich schaute durchs Fernglas, konnte in dem Unwetter aber nichts erkennen.

Der Sturm strich über die Dünen und zog heulend weiter nach Westen über die Heide. Die Inseln der Marsch waren bräunlich schwarz, die Kanäle voller Wasser, das vom Wind aufgepeitscht wurde und wütend an den Rändern der menschenleeren Inseln knabberte, wobei es dicke Ringel aus seelenlosem Weiß aufwarf. Eine Szene von unsäglicher Trostlosigkeit und Kälte. Ich blieb den ganzen Tag im Haus, legte Holz nach und hielt durch die Fenster Wache; dann und wann ging ich vor die Tür, um mich zu vergewissern, dass mit Fo'castle und der Düne, auf der es stand, alles in Ordnung war, und dabei, so gut es ging, durch den Graupel einen Blick auf den

Sturm und das Meer zu erhaschen. Bis etwa eine Meile vor der Küste glich der Nordatlantik dem Schauplatz eines Kampfes der Elemente, angepeitscht von Wind und Graupel, die parallel laufenden großen Brecher stürzten gleichzeitig in sich zusammen und mischten sich zu einem heillosen schäumenden Durcheinander, der Klang dieser eine Meile weit reichenden kochenden Gischt war ein endloses Dröhnen, ein Brodeln und grausiges Mahlen, das sich mit dem Kreischen des Windes verwob. Der Ansturm der Brecher auf den Strand war Ausdruck roher Gewalt und wilden Entschlusses. Es wurde früh dunkel, und ich schloss die Fensterläden, um das Getöse der Außenwelt auszusperren. Nur einen Laden auf der Landseite ließ ich geöffnet.

Bei Einbruch der Nacht legte der Sturm noch einmal zu, der Wind erreichte Geschwindigkeiten von siebzig bis achtzig Meilen pro Stunde. Um diese Zeit, so erfuhr ich später, begannen Freunde aus dem Landesinneren sich um mich zu sorgen und nach Licht Ausschau zu halten, das aus meinem Haus drang. Als Leuchte diente mir eine simple Petroleumlampe mit weißem Porzellanschirm, die auf einem Tisch vor jenem landseitigen Fenster stand, das ich nicht verschlossen hatte. Ein alter Freund sagte mir, er habe es mehrmals eine halbe Minute lang sehen können oder das zumindest geglaubt, ehe es wieder für Stunden in der Dunkelheit des Sturmes verschwand. In meinem kleinen Haus war es ganz und gar friedlich. Bald aber begann das Wasser, das während der nachmittäglichen Ebbe abgelaufen war, wieder zu steigen. Den ganzen Nachmittag war die Brandung donnernd den Strand hinaufgelaufen, nur die Ebbe hatte sich dem Wind in den Weg gestellt. Dem Kentern der Tide folgte unvorstellbare Raserei. Nun, da sich der Rhythmus des Meeres mit dem des Windes vereinigte, erhob sich der nächtliche Ozean, um die uralte Rivalität mit der Erde wieder aufleben zu lassen, und schleuderte Brecher um Brecher gegen das Bollwerk aus Sand. Fo'castle, niedrig und stabil gebaut, stand fest wie ein Felsen, doch seine Wände bebten im Sturm. Ich konnte die Vibrationen in den Steinen des Kamins spüren, und die Düne unterhalb des Hauses zitterte unter dem Ansturm der Brandung unaufhörlich.

In dieser grimmigen Nacht gingen meine Gedanken zu den Freunden von der Küstenwache in Nauset. An wem war es heute, sich auf den Weg nach Norden zu machen und sich sieben Meilen weit durch Nacht und Graupel zu kämpfen, um schließlich zur Station und zu der Wärme der Kochmaschine zurückzukehren, die blanker geputzt ist als alle Öfen der Welt? Es war an Bill, und weil der Strand von der Brandung überspült war, nahm er den Weg, der nahe am Abhang über das Kliff führt, einen Pfad, auf dem man dem Sturm ungeschützt ausgesetzt war. Ich war in derlei Gedanken und Sorgen um meine Freunde vertieft, als jemand an das Fenster zur Landseite klopfte, dessen Laden nicht verschlossen war, dann hörte ich Schritte, und schließlich klopfte es an der Tür. Den Besucher einzulassen war schnell geschehen, aber hinter ihm die Tür zu schließen war eine andere Sache. Sie gegen den Wind schließen zu wollen glich dem Versuch, etwas Festes, Stoffliches beiseitezuschieben. Es fühlte sich an, als drückte ich die Tür gegen eine Filzmasse, die durch den Rahmen quoll.

Der Besucher war Albert Robbins. Er war in dieser Nacht der Erste, der von Nauset aus nach Süden ging, ein großer, kräftiger junger Mann und ein feiner Kerl; er war über und über mit Graupel und Sand bedeckt, Sand und Graupel in den Haaren, in den Augenbrauen, in den Augenwinkeln, in den Ohren, hinter den Ohren, in den Mundwinkeln, ja, sogar in den Nasenlöchern. Trotzdem trug er ein freudiges und resolutes Lächeln im Gesicht.

»Wollte nur nachsehen, ob du noch da bist«, sagte er feixend und strich sich mit einem Fingerknöchel den Sand aus den Augen. Ich schenkte ihm derweil eine Tasse heißen Kaffees ein.

»Gibt's was Neues? Irgendwas vorgefallen?«, fragte ich.

»Allerdings. Ein Boot der Küstenwache, das in der Nähe des Leuchtturms unterwegs ist, hat Probleme mit der Maschine. Sie haben geankert, zwei Schnellboote haben sich von Boston aus auf den Weg gemacht, um sie zu bergen.«

»Wann hast du davon erfahren?«

»Heute Nachmittag.«

»Und seither nichts mehr?«

»Nein, die Telegrafenleitungen sind runtergerissen, die Verbindung reicht nur bis Cahoon.«

»Glaubst du, sie haben eine Chance, wenn die Schnellboote es nicht schaffen?«

»Das hoffe ich doch, verdammt«, erwiderte er, um nach einer Pause hinzuzufügen: »Aber es sieht nicht gut aus.« Dann sagte er noch »Mach's gut« und verschwand wieder im Sturm.

Um auf alle Eventualitäten vorbereitet zu sein, legte ich mich nicht schlafen. Als die Stunde des Hochwassers nahte, zog ich mich so warm an, wie es ging, drehte das Licht herunter und ging hinaus in die Dünen.

Unterdessen war ein unsichtbarer, seit zwei Tagen abnehmender Mond hinter der schnell ziehenden Wolkendecke aufgegangen, und ein wenig seines fahlen Lichts fiel auf die gequälte Erde und die gepeinigte See. Die Luft war voller Graupel, der mit einem absonderlichen, grausigen und nicht nachlassenden Geräusch über das verwelkte Gras zischte und sich mit aufgewirbeltem Sand mischte. Davon im Gesicht getroffen zu werden fühlte sich an wie Schläge einer winzigen, zielgenauen Peitsche. Eine derartige Flut hatte ich noch nie erlebt. Sie hatte den Strand überschwemmt, die fünf Fuß hoch gelegene Ebene zwischen den Dünen erklommen und schleuderte nun Wrackteile fünfzig und sechzig Fuß weit in den verwelkten weißen Strandhafer. Die Marsch war eine einzige überschwemmte Bucht, die Einschnitte zwischen den Dünen und die Kanäle glichen reißenden Flüssen, durch die die Brecher drängten. Hundert Yard nördlich von mir war ein solcher Fluss; im Süden versuchte die Brandung, sich seitlich an der Düne vorbeizustehlen, ein Versuch, der ohne Erfolg blieb. Genau zwischen diesen beiden Schlachtfeldern stand Fo'castle, das nun nicht länger auf das Meer hinabschaute, sondern es unmittelbar vor sich hatte und nur knapp darüber hinwegblickte, als sei es auf einem Sandhügel direkt in der Brandung errichtet. Eine Drittelmeile nördlich entdeckte ich etwas ausgesprochen Sonderbares: Die Böschung war von der anstürmenden See abgetragen und ausgehöhlt worden, und nun kroch das Skelett eines alten Schiffswracks hervor, das die Dünen vor langer Zeit unter sich begraben hatten. Als die Flut weiter stieg, schwamm das Geisterschiff auf, riss sich los und trieb entlang den Dünen nach Süden. Der Anblick des toten Rumpfes, der aus dem Grab auferstand und seine Knochen erneut dem Wüten des Sturmes aussetzte, hatte etwas unfassbar Gespenstisches.

Während ich durch die Nacht lief, fragte ich mich, was aus den Vögeln geworden war, die in der Marsch lebten. Große Populationen von Möwen, Enten und Gänsen, ihre Rivalen und Verbündeten – wo hatten sie sich verkrochen, wohin sich in dieser stürmischen Stunde zurückgezogen?

Die Graupelschauer hielten den ganzen Sonntagmorgen

über an – der Sturm brachte mehr Graupel, als seit Generationen am Kap gefallen war –, doch am späten Nachmittag legte sich der Wind schließlich, hinterließ aber eine aufgewühlte See. Ich ging zur Station der Küstenwache in Nauset und ließ mich über den Stand des Unglücks vor der Hochlandküste informieren. Trotz großen Einsatzes waren die Schnellboote nicht bis zu dem Boot der Küstenwache vorgedrungen, sodass es zerschellt war, vermutlich auf der vorgelagerten Sandbank. Neun Männer wurden vermisst, zwei leblose Körper tags darauf am Strand angespült; ihre Uhren waren um fünf Uhr stehen geblieben, woraus wir schlussfolgerten, dass ihr Boot die Nacht überstanden hatte und erst in den Morgenstunden in Stücke geschlagen worden war. Welch eine Nacht muss das für die armen Seelen gewesen sein!

Der Strand war mit Trümmern übersät, mit dicken Ästen, Baumstümpfen, Schiffsteilen, Planken, gespaltenen Spieren, Brettern, Balken, und in der Brandung lag das riesige Ruder der *Hickey* samt zersplittertem Steven. Am Tag nach dem Sturm kamen die Menschen aus Eastham in Fuhrwerken und Autos angefahren, schauten eine Weile aufs Meer hinaus, unterhielten sich über den Sturm, statteten den Männern der Küstenwache einen Besuch ab, um sich schließlich ungerührt an die Arbeit zu machen und brauchbares Holz vom Strand aufzulesen. Ich sah Bill Eldredge, der in einem der Einschnitte Planken einsammelte, aus denen er einen Hühnerstall bauen wollte. Über der Brandung und ihrer Gischt schwebten Möwen – der Großteil dort, wo die Gischt nahezu farblos war –, andere flogen zwischen der Brandung und der Marsch hin und zurück. Aus ihrer Warte, so schien es, war nichts weiter passiert.

Kapitel 5

Wintergäste

I

Während des Winters gehörte die Welt der Dünen und des großen Strandes mir ganz allein, und so lebte ich in Fo'castle ungestört wie Robinson Crusoe auf seiner Insel. Der Mensch kam in der naturbelassenen Welt, in der ich lebte, nicht mehr vor, ganz so, als sei auch er eine Art Zugvogel. Es stimmt, dass ich die Häuser von Eastham auf dem Hochland jenseits der Marsch sowie vorbeifahrende Schiffe und Fischerboote sehen konnte, doch waren sie eher Zeugnisse menschlichen Lebens als der Mensch selbst. Mitte Februar wäre der Anblick einer unbekannten Person, die am Strand nahe Fo'castle vorbeikommt, ein Ereignis von historischem Ausmaß gewesen. Und sollte sich jemand fragen, wie ich die Einsamkeit an einem derart unwirtlichen Ort und im tiefsten Winter ertragen konnte, kann ich nur antworten, dass ich jeden Moment in vollen Zügen genossen habe. Die Abläufe in der Natur – ich ziehe den alten biblischen Ausdruck »mächtige Taten« vor – erleben und beobachten zu können, ist eine Chance, die wohl jeden mit Demut und Dankbarkeit erfüllen würde, erst recht, wenn man wie ich eine ganze Region für sich hat, deren Natur seit grauer Vorzeit einem Kreislauf folgt, ohne dass der Mensch eingegriffen oder gestört hätte. Niemand, der töten wollte, niemand, der erkunden wollte, nicht einmal jemand, der nur schauen wollte. Erde, Ozean und Himmel, die Dreifaltigkeit der Küste, betrieben einzeln und gemeinsam ihr großes Werk, vom Menschen unbeeinflusst wie ein Planet auf seinem Weg um die Sonne.

Es ist nicht gut, zu viel allein zu sein, so wie es unklug ist, sich stets in Gesellschaft und unter Leuten zu befinden, doch auch wenn ich allein war, hatte ich kaum Gelegenheit, Stimmungen nachzuhängen oder »die Stunden träger Zeit zu säumen und vergessen«[2]. Von dem Moment, an dem ich morgens aufstand, die Tür öffnete und aufs Meer hinausschaute, bis zu jenem, an dem das Aufflammen eines Streichholzes in der abendlichen Stille meines Hauses erklang, gab es immer etwas zu tun, etwas zu beobachten, etwas zu notieren, etwas zu untersuchen, etwas in Erinnerung zu behalten. Da war der Ozean, bei wechselndem Wetter und wechselnden Gezeiten, mal grau und trist und von winterlichem Regen verhüllt, dann wieder klar und hell, gekrönt von frostigem Grün und fliegendem Schaum; da war die Marsch mit ihren großen Versammlungen, kleinen Zusammenkünften, durchziehenden Gruppen und kleinen Familientreffen der verschiedensten Vögel des Winters; dort war die Pracht des winterlichen Himmels, der sich aus dem Meer erhob und sich über und durch die Dünen zog, Sternbild um Sternbild, Stern um Stern. Wer den Nachthimmel in all seiner grandiosen Schönheit sieht, muss annehmen, dass die Welt darunter ebenfalls herrlich eingerichtet ist, weil das Bild sonst einen Riss bekäme und niemand es wieder zu einer Ehrfurcht gebietenden Einheit zusammenfügen könnte. Die Nächte, in denen ich mich am ehesten einsam fühlte (sofern ich mir ein solches Gefühl überhaupt gestattete), waren wohl jene, in denen in der Dunkelheit Wind aus Südost aufkam und sich die Welt vor meiner Tür in Regen und Nebel auflöste, derweil Eis und Schnee liegen blieben, wenn Schneefall oder große Kälte längst Geschichte waren. In solchen Nächten mit Südostwind lag der Nebel dicht über der Marsch und dem Ozean, die Lichter von Eastham verschwanden in der allumfassenden Dunkelheit, und auf dem unsichtbaren Strand am Fuß der Dünen lösten sich große Brecher aus dem Nebel, liefen mit der Langsamkeit und Würde einer Selbstopferung den Strand hinauf, wo sie mit einem furchterregenden, lauten Tosen vornüberkippten, das wieder abebbte und verstummte, bis aus der Finsternis über dem Meer das nächste Opfer folgte. Nur ein Sinneseindruck währte, der mich an die verschwundene Welt der Menschen erinnerte, und das waren der durchdringende Klagelaut und das düstere Heulen von Schiffen, die weit vor der Küste ihren Weg suchten.

Und ganz allein war ich ja gar nicht. Meine Freunde von der Küstenwache gingen jede Nacht und bei jedem Wetter am Strand Patrouille, oft kehrten sie bei mir ein, um sich zu erkundigen, wie es mir ging, mir einen Brief zuzustellen oder mich wissen zu lassen, was es am Kap Neues gab. Ich habe diese Besuche immer sehr genossen, und jeden Abend zwischen halb sieben und acht Uhr lauschte ich auf Schritte, die einen Gast ankündigten. Wenn man vierundzwanzig Stunden lang mit niemandem gesprochen hat, ist eine kurze Unterhaltung eine willkommene Abwechslung, selbst wenn ein einfacher Satz und sogar ein einzelnes Wort wie »Herein« dem Sprecher das eigentümliche Gefühl geben kann, allzu ungeduldig oder redselig zu sein. Manchmal wartete ich vergeblich und verbrachte den Abend allein mit einem Buch am Feuer, ging meine Notizen durch und fragte mich, wer in dieser Nacht wohl am Strand Patrouille ging.

Allein zu sein ist nicht leicht, denn der Mensch ist ein geselliges Wesen; vor allem in seiner Jugend sträuben sich starke Instinkte gegen eine solche Lebensform, und in äußerster Einsamkeit können Geist und Seele eigentümliche Dinge passieren. Ich lebte allein, das stimmt, aber ich erhob nicht den Anspruch, als Eremit aus einer frommen Abhandlung oder einem Roman des 18. Jahrhunderts durchzugehen. Da ich jede Woche einen Ausflug nach Orleans machte, wo ich frisches Brot und frische Butter kaufte, regelmäßig die Station der Küstenwache besuchte und mich häufig mit den Männern unterhielt, die auf ihren Patrouillengängen bei mir einkehrten, hätte mich ein mittelalterlicher Einsiedler für einen gewöhnlichen Stadtmenschen gehalten. Es war aber nicht allein dieser Kontakt zu Freunden, der mir Kraft gab. In meinem Haus auf den Dünen lebte ich inmitten einer Natur, deren überbordende Vielfalt sich zu jeder Stunde des Tages zeigte, und derart umschlossen von und eingebettet in einen großen Strudel dessen, was man Lebenskraft nennt, spürte ich, wie ich eine geheime und mich stärkende Energie in mich aufnahm. Es gab Zeiten, etwa zu Frühlingsbeginn, da wirkte diese Kraft so real wie die Wärme der Sonne. Ein Zweifler mag schmunzeln und mich auffordern, in sein Labor zu kommen und die Energie nachzuweisen; über das geheime Wirken meines Körpers in der Abgeschiedenheit, fernab äußerer Einflüsse, mag er denken, wie er will, aber ich glaube, dass alle, die in der Natur gelebt und sich den in ihr tätigen Kräften nicht verschlossen, sondern geöffnet haben, sehr genau wissen, was ich meine. Das Leben ist genauso eine Kraft im Universum wie die Elektrizität oder die Schwerkraft, und die Gegenwart von Leben erhält Leben. Individuen können Individuen zerstören, die Lebenskraft aber kann sich mit dem Leben des Einzelnen verbinden, wie eine Feuersbrunst sich einen Moment lang mit der Flamme einer Kerze verbinden kann.

Doch nun wird es Zeit, von den Vögeln zu erzählen, die an der Küste überwintern, vom Austausch der Arten, der sich hier zuträgt, und davon, wie alle ihr Leben organisieren.

Wenn ich an einem strahlenden, stürmischen Morgen im Januar über den Strand gehe, ist mein erster Eindruck der von Weite, Schönheit und Einsamkeit. Das sommerliche Treiben der Vögel ist vollständig zum Erliegen gekommen, und in einem Moment wie dem, von dem ich hier erzählen will, ist über viele Meilen kein einziger Strand- oder Seevogel zu sehen, nicht einmal eine Möwe, die hier doch heimisch ist. Ich gehe spazieren, ohne dass eine Seeschwalbe aus den Dünen heraus auf mich herabstößt, um mich zu strafen, weil ich in ein Reich eindringe, das sie seit jeher für sich reklamiert; kein Wasserläufer schreckt auf, weil ich mich nähere, zieht Kreise über der Brandung und lässt sich hundert Yard weiter wieder nieder. Vögel, die hier den Sommer verbringen, und Zugvögel, die den Strand im Herbst aufsuchen, Wasserläufer, Regenpfeifer, Große Gelbschenkel, Knutts und Sanderlinge, alle sind mit der Sonne nach Süden gezogen und halten sich nun irgendwo zwischen North Carolina und Patagonien auf. Der wohlbekannte Sanderling – die Rede ist vom *Crocethia alba* – blieb erstaunlich lange. Im Oktober waren noch etwa so viele Exemplare hier wie im August, und selbst im November konnte ich sie häufig beobachten, doch im Dezember wurden sie seltener, und um Weihnachten herum waren nur einige Tiere zu sehen, die den Abflug entweder verpasst hatten oder verletzt waren.

An Neujahr stieß ich am verlassenen Strand auf eine kleine Gruppe Steinwälzer, *Arenaria interpres morinella*, die Reißaus nahmen, als ich mich näherte, und auf der Seeseite der Dünen nach Süden flogen. Dieses Bild wird mir unvergesslich bleiben, weil es eines der schönsten Farbenspiele bot, die ich je in der Natur gesehen habe. Die drei Hauptfarben dieses Vogels – der etwas größer ist als der Strandläufer – sind Schwarz, Weiß und ein leuchtendes Kastanienrot, und diese Farben kommen in Flecken und kräftigen Streifen vor, die am besten zu erkennen sind, wenn der Vogel fliegt. Die Dünen in ihrem Rücken und der endlose Strand glänzten derweil silbrig und waren doch mit einem schwachen Schimmer jenes anmutigen blassen Violetts überzogen, der dieser Küste beigegeben ist.

Während ich diese eleganten Vögel dabei beobachtete, wie sie über meinem Kopf in die Weiten des Ozeans flogen, dachte ich darüber nach, wie wenig bislang über die Schönheit der Vögel des Nordatlantiks geschrieben und gesagt wurde. Zwar gibt es viele Bücher über diese Vögel, und es gibt zahllose Menschen, die sie wertschätzen und mögen, aber es mangelt an gedruckten Beiträgen und Debatten, die sich ihrer Schönheit widmen. Eine solche ästhetische Würdigung unserer Strandvögel ist bislang allein jener prächtigen und zugleich bedauernswerten Kreatur zuteilgeworden, die wir Brautente, *Aix sponsa*, nennen, und scheint ein für alle Male überholt[3]. Dabei ist der Steinwälzer ein reizender kleiner Vogel, die Seeschwalbe, und sei sie noch so klein, nicht minder; die Königseiderente ist ein herrliches Geschöpf, und es gibt viele weitere, deren Schönheit Aufmerksamkeit und Kommentar verdient. Und noch ein zweiter Gedanke kam mir in den Sinn, als ich die Steinwälzer davonfliegen sah – der nämlich, dass niemand einen Vogel wirklich kennt, ehe er ihn nicht im Flug gesehen hat. Seit meinem Jahr auf den Dünen, das ich inmitten ausgezeichneter Flieger verbracht habe, bin ich geneigt zu glauben, dass sich ein Vogel im Flug zu einem Vogel mit angeklappten

Flügeln verhält wie ein lebender Vogel zu einem ausgestopften Vogel. In manchen Fällen ist der Unterschied so groß, dass man sie als zwei verschiedene Wesen ansehen muss. Denn im Flug zeigen sich nicht nur Farben und deren Anordnung, sondern es zeigt sich auch die Persönlichkeit. Man kann die heimischen Vögel am Boden beobachten, aber hat man das ausreichend lange getan und ihre Schönheit gewürdigt, sollte man sich nicht scheuen, in die Hände zu klatschen und sie aufzuscheuchen. Sie werden keinen Schaden daran nehmen und die Störung verzeihen. Schauen Sie sich Vögel im Flug an.

Es ist Ebbe, die Brandung wird flacher und läuft in zischelnden Schaumkringeln aus. Die Bewohner mit den dünnen Füßen und leichten Schwingen sind fort, die fleißigen Watvögel, das ganze Völkchen emsig pickender, trippelnder Vögel. Nach Süden, mit der Sonne nach Süden, an hellen Stränden entlang und über weite Buchten hinweg, nach Süden mit der Sonne, immer am Rand des Kontinents entlang, geleitet von weiß der Himmel welchen uralten Mysterien, die in ihren kleinen Köpfen spuken, uralten Instinkten, denen ihr Herzschlag folgt. Bei dem Gedanken an die tropischen Länder, zu denen diese Vögel geflogen sind, fällt mir ein, wie ich eines Abends in Zentralamerika an einem tropischen Strand spazieren ging. Es war schon spät und niemand zu sehen, der warme und stete Wind entlockte den Palmen, durch die er strich, ein Geräusch wie Regen, und mit dem Wind zog ein prachtvoller Vollmond auf einen Ozean und eine Brandung hinaus, die selbst wie flüssiges grünliches Mondlicht wirkten. Plötzlich und wie aus dem Nichts flog eine Gruppe kleiner Vögel vom Strand auf, kreiste, pendelte eine Weile lang im Wind und verschwand schließlich im wirbelnden Farbenspiel der Nacht. Wer weiß, vielleicht wart ihr ja Wasserläufer aus Cape Cod, ihr kleinen Vögel!

Doch nun zurück zum Nordatlantik, zu den Dünen von Eastham und dem Austausch der Arten, den ich bereits kurz erwähnte. Während die kleineren Vögel nach Süden in tropische Gefilde geflogen sind, haben sich im Norden, demselben jahreszeitlichen Impuls folgend, arktische Vögel aufgemacht, um entlang der Küste Neuenglands gen Süden zu ziehen, und in der weiten, einsamen Region des Kaps ein Gebiet gefunden, das ihnen als ihr Florida dient. Es handelt sich um Meerenten und Säger, meist große, schwere, mächtige Tiere, alle imstande, eisigem Wasser und frostigem Wetter zu trotzen, ein jedes in ein wasserdichtes Federkleid eingepackt, das man mit Fug und Recht Federpelz nennen könnte. Diese Enten gehören zur Unterfamilie *Fuligulinae*, und sie leben in den Gewässern des hohen Nordens, doch es gibt noch weitere Besucher aus der Arktis wie Krabbentaucher und Lummen. Sie bevorzugen die Flachwassergebiete südlich von Cape Cod, wo die Strömung warmes Wasser heranführt. Als Nachbarn habe ich drei Varianten der Meerente, häufig und fälschlicherweise auch Rallen genannt: die Trauerente, *Oidemia americana*, mit schwarzen Flügeln, die Samtente, *Oidemia deglandi*, mit weißen Flügeln und die Brillenente, *Oidemia perspicillata*; hinzu kommen Bergenten, Pfeifenten, *Marila marila*, Büffelkopfente, *Charitonetta albeola*, Eisenten, *Harelda hymealis*, Eiderenten, *Somateria dresseri*, Prachteiderenten, *Somateria spectabilis*, und andere. Ich halte es für denkbar, dass in der Region um Cape Cod die Zahl der Wintervögel vor der Ankunft des weißen Mannes die der Sommervögel übertroffen hat, doch seither hatten leider Schrot und Flinte ihren Spaß, und die Populationen des Winters wurden dezimiert, manche sogar ausgerottet. Heute sind die Sommervögel gegenüber ihrer winterlichen Verwandtschaft in der Überzahl.

Von See her droht den Vögeln eine neue Gefahr. Bei der Verarbeitung von Erdöl bleibt in den Raffinerien nach der Destillation ein teerartiger Rückstand übrig, der auf Tanker verladen, Richtung Süden gebracht und auf offenem Meer verklappt wird. Dort verbreitet er sich über große Gebiete und verschmutzt das Federkleid der Vögel, die darin landen. Sie sind zum Tode verurteilt. Offen bleibt lediglich, wie sie sterben. Manche erfrieren, weil das zähe Öl die Federn so sehr verfilzt, dass stellenweise die Haut freigelegt wird und lebenswichtige Organe nicht mehr geschützt sind; andere Tiere mögen wohl auch verhungern. Captain George Nickerson aus Nauset hat mir erzählt, dass er vor Monomoy Island eine ölverschmierte Eiderente beobachtet hat, die nach Futter suchte, aber nicht mehr tauchen konnte. Zu meiner großen Freude kann ich an dieser Stelle berichten, dass sich die Situation zuletzt etwas gebessert hat. Vor fünf Jahren waren die Strände und Küsten der Halbinsel Monomoy übersät mit Hunderten, wenn nicht gar Tausenden toter Seevögel, weil die Tanker ihre tödliche Fracht ins Meer pumpten, während sie die Küste passierten – genau in jene Gewässer also, in denen diese Vögel seit Urzeiten leben! Heute scheint das Öl zum Fatum des unglückseligen Menschen zu werden. Aber lassen Sie uns hoffen, dass solcherlei Verschmutzung bald endet.

Mein Strand ist leer, doch nicht der Ozean dahinter. Zwischen der Station der Küstenwache und dem Leuchtturm von Nauset verbringt ein Flug Brillenenten den Winter. Ihren Namen verdanken sie den beiden weißen Flecken, die die männlichen Tiere auf dem glänzend schwarzen Kopf tragen. Die Vögel sitzen im Meer, unmittelbar hinter der Brandung, wie auf einem Floß – die Männer der Küstenwache sagen, dort gebe es eine Untiefe und viele Schalentiere –, und die gesamte

Gruppe hebt und senkt sich mit jeder Welle, die unter ihr hindurchzieht, ohne sich zu regen. Manchmal taucht einer der Vögel in einen ankommenden Wellenberg, um auf der anderen Seite wieder herauszuschlüpfen; manchmal richtet sich ein Tier im Wasser auf, schlägt mit den Flügeln und lässt sich wieder nieder, als sei nichts gewesen. Der Flug zählt etwa dreißig Tiere. Zu Thoreaus Zeiten waren es noch so viele, dass sie die Küste des ganzen äußeren Kaps bevölkerten. Heute sind solche Gruppen zwar nicht gerade eine Seltenheit, aber nur noch vereinzelt anzutreffen.

Von meiner Haustür aus beobachte ich, wie die Vögel des Winters in diese und jene Richtung ziehen und dabei stets über dem Meer fliegen. Mal passiert eine Gesellschaft von hundert oder mehr Eisenten, mal ein Flug Säger, dann lässt sich ein Paar Eiderenten unmittelbar vor Fo'castle zur Rast im Ozean nieder.

Diese Vögel kommen während des Winter so gut wie nie an Land. Sie essen, schlafen, leben und begegnen einander auf dem Meer. Trifft man eine Meerente auf dem Strand an, kann man davon ausgehen, dass mit ihr etwas nicht stimmt, lautet eine Redensart von Cape Cod, wie Captain Nickerson mir erzählt hat. Will ich dieses Wintervölkchen beobachten, bleibt mir nur, zum Fernglas zu greifen oder ein Exemplar zu fangen, das in Schwierigkeiten geraten ist und sich daher an den Strand geflüchtet hat. All diese Kreaturen sind sehr unbeholfen, wenn sie an Land sind, und es fällt ihnen enorm schwer, sich in die Lüfte zu erheben; sie hüpfen schwerfällig voran, und die Alken sind quasi gänzlich außerstande, loszufliegen. Es war jedes Mal ergreifend, am Strand entlangzugehen und einen Vogel zu entdecken, der allein im Sand hockte. Welcher Art mochte er angehören? Was hatte ihn an den Strand geführt? Konnte ich ihn vielleicht fangen, um ihn genauer anzusehen? Meine Strategie war darauf ausgerichtet, die Vögel daran zu hindern, ins Wasser zurückzukehren, und so beeilte ich mich, zwischen sie und die Brandung zu kommen – andernfalls machten sich die Tiere auf den Weg hinab zum Ozean, sobald sie mich sahen oder hörten oder spürten –, und kam sehr bald zu der Erkenntnis, dass ein entschlossener Gegenangriff schneller zum Erfolg führte als List und geduldiges Heranpirschen. Es folgte eine furiose Verfolgungsjagd, bei der ich den aufgeschreckten Vogel vor mir herscheuchte und langsam auf die Dünen zutrieb, wo ich ihn in eine Nische zwischen Strand und Sandwall zu manövrieren versuchte.

Meine ersten Gefangenen waren drei bedauernswerte kleine Krabbentaucher, *Alle alle*, aus der Familie der Alkenvögel, die auf ihrem Weg von der Arktis irgendwo in Öl getaucht worden waren – kleine braun-schwarze und weiße Vögel von der Größe einer Taube, die auf ihren eigentümlichen kleinen Alkenfüßen standen, mich ansahen und mit ihren kleinen, verklebten Flügeln schlugen, was sie wie Pinguine aussehen ließ. Äußerlich erinnern sie in der Tat sehr an Adeliepinguine. In Fo'castle richtete ich ihnen eine Ecke ein, den Fußboden legte ich mit Zeitungen aus, Bretter und ein Stuhl dienten als Wände. Dann versuchte ich, ihr Gefieder, so gut es ging, vom Öl zu befreien; ich versorgte sie nach Kräften mit Nahrung aus dem Meer, doch alle Mühe war vergebens. Sie fraßen nicht, und sobald mir klar war, dass ich ihnen nicht helfen konnte, entließ ich sie in die Freiheit; die Natur würde auf ihre Art am ehesten eine Lösung für das Problem finden.

Als sie sich aufrichteten und auf ihren kleinen, weit hinten sitzenden Füßen loslatschten – sie gehören zu den *Pygopodes* –, fühlte ich mich an einen Akrobaten erinnert, der auf dem Kopf steht und die Unterarme vom Ellbogen bis zu den Fingerspitzen als Füße benutzt. Bei dem Versuch, auf dem Strand vor mir wegzulaufen, setzten diese kleinen Vögel beide Flügel und beide Füße ein. Sie rannten, und gleichzeitig *ruderten* sie mit den Flügeln im Sand; das Verb beschreibt die Bewegung sehr genau. Und das Ergebnis ließ sich auf dem Strand ablesen wie auf einem ansonsten unbeschriebenen Blatt – dicht aufeinanderfolgend die Abdrücke kleiner, mit Schwimmhäuten versehener Füße und von Flügelspitzen, die bei jedem Schlag eine winzige Kerbe im Sand hinterlassen hatten. Wenn sie aus der fernen Arktis nach Süden ziehen, fliegen die Alken nicht über dem Ozean, wie die höher entwickelten Vögel es tun; sie »rutschen« gewissermaßen über die Wasseroberfläche und bleiben weit draußen auf dem Meer, meist sogar ohne Landsicht.

Einen Alk fing ich bei Nacht. Ich ging am Strand entlang nach Norden, um den Patrouillengänger zu treffen, der zur selben Stunde von Nauset aus nach Süden unterwegs war, und als ich die Taschenlampe anschaltete, um nachzuschauen, wer mir da wohl entgegenkam, sah ich einen Alk in meine Richtung laufen; er watschelte dicht an der Brandung entlang, sein Federkleid war von glänzendem Öl verklebt – ein Körnchen Leben vor der unergründlichen Weite des Ozeans! Ich nahm den Vogel hoch; erst sträubte er sich, dann hielt er still, und ich brachte ihn nach Fo'castle. Der Vogel war so klein, dass er in eine Hand passte, und ich hielt ihn so, dass seine Füße auf meiner Handfläche ruhten, Kopf und Hals lugten derweil aus dem Spalt zwischen Daumen und Zeigefinger hervor. In Fo'castle angekommen, öffnete er den Schnabel und »flatterte« damit (für die stumme Bewegung gibt es kein passendes Wort), streckte den Hals zu erstaunlicher Länge und sah mich mit einem Blick an, der sagen zu wollen schien: »Bis jetzt ist alles gut, aber ich rechne mit dem Schlimmsten.« Dann und wann blinzelte er bedeutsam und präsentierte dabei die feinen lohfarbenen Federn seines Lides. Ich brachte ihn in einer Ecke unter und überließ ihn sich selbst, und als ich schlafen ging, hatte er den Versuch aufgegeben, sich mit seinem spitzen, spatzenartigen Schnabel vom Öl zu befreien, und stand in der dunklen Ecke wie ein kleiner Junge, der in der Schule etwas ausgefressen hatte. Am nächsten Morgen entließ ich ihn auf seine dringende Aufforderung hin in die Freiheit.

Ich fand auch einen Tordalk, *Alca torda*, trieb ihn in die Enge und besah ihn genauer, während er mir zur Drohung seinen geöffneten, bewegungslosen Schnabel entgegenreckte; schließlich überließ ich ihn sich selbst. Dasselbe machte ich mit einer Dickschnabellumme, und hätte ich gewollt, hätte ich auch eine Eiderente fangen können, genau wie Alvin Newcomb von der Küstenwache in Nauset, der auf einem Patrouillengang Richtung Norden einen Erpel fing. Die Eiderente ist jedoch ein kapitales Tier, und mir stand nicht der Sinn danach, aus Fo'castle eine Art Hühnerstall für Meeresvögel zu machen. Nachdem sie eine Weile lang recht ungeniert dem Funkverkehr der Station gelauscht hatte, wurde die Eiderente von Nauset noch in derselben Nacht an den Nordatlantik zurückgebracht. Auch einen sehr seltenen Vogel bekam ich zu Gesicht. Am ersten Tag des starken Nordoststurms wanderte ich zur Mittagszeit durch den Graupel, als ich in einem Einschnitt in den Dünen eine tote Lumme entdeckte. Der Vogel konnte noch nicht lange tot gewesen sein, denn als ich ihn aufhob, war sein Fleisch noch weich, und während ich ihn hielt, konnte ich einen Hauch Restwärme spüren. Es war eine Trottellumme, *Uria troile troile*, eine selten gewordene Lummenart mit spitzem Schnabel, die der Mensch beinahe ausgerottet hat. Gestorben war sie offenbar an Erschöpfung nach stundenlangem Kampf mit dem Sturm. Als der sich gelegt hatte, wollte ich nach dem Tier schauen, aber Wind und Wasser waren durch den Einschnitt gedrängt und hatten alles, was sich ihnen in den Weg stellte, unter einem Gemenge aus Sand und Treibgut begraben.

Diese Anrainer des Ozeans ernähren sich nicht allein von dem Fisch, den sie fangen; zusätzlich picken sie in Flachwassergebieten Schalentiere auf und fressen bestimmte Meerespflanzen. Manche mögen auch die hier heimische Muschel *Mytilus edulis*. Sofern der Winter nicht besonders streng ist, fehlt es den Vögeln offenbar an nichts. Viele bleiben lange, und es wird in aller Regel Mai, ehe die Meerenten, zu langen Ketten aufgereiht und von gefiederten Admiralen angeführt, wieder gen Norden ziehen. So viel zu den wandernden Seevögeln des Kaps; nun noch ein Wort zu den einheimischen Vögeln und jenen Zugvögeln, die sich in der Marsch ansiedeln.

II

Etwa ab Mitte Dezember konnte ich ein unterhaltsames Spiel verfolgen, das See- und Landvögel, von widerstreitenden Interessen geleitet, in dem Gebiet westlich der Dünen aufführten. Als das Futter auf dem Hochland rar wurde, begannen Krähen, Wachteln und Stare sich für das Meer und die Salzwiesen zu interessieren, derweil sich die Möwen auf Erkundung in die Heidelandschaft begaben oder sich landeinwärts auf den obersten Zweigen der Kiefern niederließen. Eine weise alte Möwe entdeckte bei dieser Gelegenheit, dass in Mr. Joe Cobbs Hühnergehege, gleich westlich der großen Marsch gelegen, gutes Essen zu bekommen war, und so entfernte sich das findige Geschöpf jeden Morgen von den Tausenden über den kühlen Fluten kreisenden Artgenossen und ließ sich unter den Haushühnern nieder. Dort begab es sich auf die Suche nach Futter und pickte wie ein gewöhnliches Federvieh Getreide auf, bis der ärgste Hunger gestillt war. Ich wage zu bezweifeln, dass Möwen je mehr fressen als das Nötigste. Nachdem es den Hühnerhof mehrere Winter lang regelmäßig aufgesucht hatte, verschwand das Tier eines schönen Frühlingstages und ward nicht mehr gesehen. Offenbar war seine Zeit abgelaufen.

An dieser Stelle möchte ich meiner Verwunderung darüber Ausdruck verleihen, wie wenig wir über die Lebensspanne der Wildtiere wissen. Nur Fälle von besonders langem oder besonders kurzem Leben scheinen die Aufmerksamkeit der Menschen zu erregen. Ich kann ein beliebiges gutes Buch über Vögel aufschlagen und dort eine sorgfältige und detaillierte Untersuchung der Merkmale und Gewohnheiten der Tiere finden, aber kein Wort über die mutmaßliche Lebenserwartung. Sicher ist es sehr schwierig, entsprechende Nachweise zu beschaffen, und vielleicht ist mein Vorschlag deshalb töricht, aber mitunter würde ich mir wünschen, dass dieser vernachlässigte Aspekt des Daseins der Tiere mehr Aufmerksamkeit erführe.

Den ganzen Sommer über habe ich nie Stare in der Marsch gesehen, aber nun, da der Winter Einzug gehalten hat, verlassen sie das Hochland nahe der Station der Küstenwache und wagen sich bis jenseits der Dünen vor. Diese Erkundungsflüge sind sehr selten. Ich habe Stare über die Salzwiesen fliegen und auf dem First einer Jagdhütte sitzen sehen, sie aber nie am äußeren Strand angetroffen. Mit Krähen verhält es sich gänzlich anders. Sie nehmen alles unter die Lupe, was ihnen vielversprechend erscheint, und während des Sommers habe ich zu vier oder fünf verschiedenen Gelegenheiten auf dem Strand Krähen gesehen, in den meisten Fällen am frühen Morgen.

Eher zufällig wurde ich an einem lauen Oktobernachmittag Zeuge des Kampfes zwischen zwei Möwen und einer jungen Krähe, die sich in der Marsch um einen Leckerbissen stritten, den die Krähe über der Untiefe gefischt hatte; es war eine pittoreske Auseinandersetzung, weil die großen silbrigen Flügel der Möwen auf die Krähe herabschlugen und sie umschlossen, bis sie einem jener Dämonen glich, die auf alten Lithografien mit der Darstellung des Jüngsten Gerichts den Hintergrund bilden. Schließlich schnappte sich eine der Möwen den begehrten Happen, flatterte auf und schlang die Beute herunter, und wie der Kuh in dem alten Kinderlied blieb der Krähe und der anderen Möwe nur eines: »Nachsicht zu üben«[4].

Der Winter mit seinen Zwängen lässt die Krähe zu einer Art Strandräuber werden. An milden Tagen ziehen die Vögel bei Ebbe dorthin und suchen nach Futter, um auf das Hochland zurückzukehren, sobald sie den Strand nicht mehr für sich allein haben. Ein Flug Möwen lässt sie krächzend das Weite suchen, wobei ihre großen dunklen Flügel aufgeregt in der frischen Meeresluft schlagen. Selbst auf diesem riesigen und einsamen Strand bleiben sie denkbar misstrauisch und vorsichtig, und wenn ich sie beobachten will, muss ich zehn Mal behutsamer vorgehen als bei jedem Seevogel. Ich muss durch Einschnitte und Täler in den Dünen kriechen und über kalten

Sand schleichen, der Wärme und Leben aus dem Körper saugt. Meist treffe ich sie an, wenn sie – zielstrebig und zugleich feierlich – an einem Fisch herumpicken, der einen oder zwei Tage zuvor von der Brandung an Land geschleudert wurde.

Von Zeit zu Zeit überquert ein Flug Ohrenlerchen die Dünen und lässt sich im nachmittäglichen Wind- und Sonnenschatten des Sandwalls auf dem Strand nieder. Sie fliegen sehr tief, die ganze Formation hebt und senkt sich mit den Anhöhen und Senken der Landschaft, eine Gewohnheit, die den Betrachter amüsanterweise an eine Berg-und-Tal-Bahn denken lässt. Wenn sie sich jenseits der Dünen niedergelassen haben, bleiben die Vögel auf dem Strand und halten zum Ozean einen Sicherheitsabstand.

Die Ohrenlerche, *Otocoris alpestris*, ist wohl derjenige Vogel, dem ich in den Wintermonaten am häufigsten begegne. Zu dieser Jahreszeit sind sie zu Tausenden hier; sie sind sogar so zahlreich, dass ich kaum hinter die Dünen gehen kann, ohne eine Gruppe dieser munteren, scheuen bräunlichen Kreaturen aufzuscheuchen. Ihr Reich liegt westlich der Dünen, in den Salzwiesen und Marschflächen, die sich zwischen den Dünen und dem Wasserlauf erstrecken, der mehr oder weniger parallel zu dem Sandwall verläuft. Sie kommen von Grönland und Labrador und erreichen die Wiesen von Eastham im Oktober und November, den ganzen Winter über laufen sie über die Stoppelfelder und suchen nach Futter. Dabei geben sie nicht mehr von sich als ein ziemlich klägliches *Ziep, Ziep,* das ihnen als Warnruf dient, wenn sie die Wiesen überfliegen, doch aus Labrador ist überliefert, dass sie während der Paarungszeit im Frühjahr ein interessantes Lied zu singen wissen.

An einem freundlichen Winternachmittag kehre ich nach Fo'castle zurück, den Wanderstock in der Hand, die Lebensmittel auf dem Rücken. Der Vortag hat ein Schneegestöber aus Nordwest gebracht, und nun liegen auf den Feldern und in der Marsch kleine weiße Flecken, und in den Dünen finden sich Schneenester, die von kräftigen, vornübergebeugten und zu einem Kelch verknäulten Ähren des Strandhafers in die Höhe gehalten werden. Bilder wie dieses sind in den winterlichen Dünen häufig zu sehen; ich bleibe stehen und betrachte sie genussvoll, weil sie so gekonnt und filigran anmuten wie japanische Malerei. Die Luft ist von einem eigentümlichen Blau, blau ist die Kälte über der Heide, und am südlichen Himmel steht über einer weißen Wolkenschleppe Dunst. Hin und wieder entdecke ich im feinen Schnee einen runden schwärzlichen Punkt; es sind die abgeworfenen Schalen von Pfeilschwanzkrebsen, die den Schnee haben schmelzen lassen. Eine Handvoll ängstlicher Ohrenlerchen kommt aus dem Versteck unter einer alten Mähmaschine gelaufen, steigt auf und fliegt etwa fünfzig Yard Richtung Süden, landet unvermittelt und verschwindet im Gras. Eine Gruppe Virginiawachteln, die gelegentlich die Stoppeln besucht, hält alarmiert inne, lässt mich dann vorbeigehen und setzt die Futtersuche genüsslich fort. Aus dem Westen, von der Marsch her, höre ich das vielstimmige Geschrei der Möwen, darunter ein Kreischen, ein Rufen und jener eigentümliche Klang, der sich am ehesten als gutturales Bellen beschreiben lässt. Über die Täler zwischen den Dünen legt sich Schatten, blau und kalt, und in der Luft liegt ein feiner Meeresduft.

Es ist Ebbe, die Silbermöwen, *Larus argentatus*, suchen auf den Sandbänken und Kiesflächen nach Nahrung. Durch das Fernglas betrachtet, wirken sie so unbeschwert und sorglos wie das Federvieh auf einem Bauernhof irgendwo im Landesinneren. An Haustiere erinnern auch ihre geschwätzigen Zusammenkünfte. Die Möwen, die am Kap leben, bilden eine einzige große Familie, denn obschon sie sich auf verschiedene Buchten und Marschgebiete verteilen, scheinen sie doch alle zu erfahren, wenn es irgendwo etwas Gutes zu fressen gibt, und machen sich gleichzeitig auf den Weg zu dem Leckerbissen. An den Menschen sind sie so sehr gewöhnt, dass sie mit der Aussicht, etwas zu fressen zu ergattern, seinen Fußstapfen ohne jede Angst folgen. Ich habe erlebt, wie die großen Vögel um Muschelfischer herumtänzelten, die ihnen aussortierte Muscheln zuwarfen, wie man jungen Katzen Fleischstückchen zuwirft. In Zeiten mit knappem Nahrungsangebot kann es passieren, dass ein Muschelfischer hinter sich ein Flattern hört und verdutzt feststellt, dass sich eine Möwe mit einer Muschel aus seinem Fang im Schnabel davonmacht. Auch den Aalfängern folgen sie, und wenn der Salzsee von Eastham zugefroren ist, kann man gelegentlich auf dem Eis Möwen sehen, die sich um einen Aal zanken, den die Angler weggeworfen haben; eine Möwe zerrt am Schwanz, die andere am Kopf, beide mit großer Entschlossenheit und zunehmend schlechter Laune. Der Sieg in diesem urtümlichen Kampf geht entweder an die stärkere Möwe oder an die, die am schnellsten schlucken kann.

Nimmt man sich die Zeit, die Marsch und besonders die kleinen Wasserläufe und verborgenen Tümpel in aller Ruhe zu beobachten, entdeckt man Hunderte Enten. Sie zu identifizieren und zu klassifizieren ist nahezu unmöglich, denn sie sind sehr scheu und bei der Wahl ihres Winterquartiers auf größtmöglichen Schutz bedacht. Bei der großen Mehrheit dieser Enten handelt es sich zweifellos um Dunkelenten, *Anas rubripes*, den umsichtigsten und argwöhnischsten aller geflügelten Wintergäste. Den ganzen Tag lang fliegen sie unermüdlich über die Dünen und zwischen der Marsch und dem Ozean hin und her, zu zweit, zu dritt oder in kleinen Gruppen, und wenn sie aufs Meer hinausfliegen, dann so weit, dass das Auge sie in der Weite des Ozeans aus dem Blick verliert. Am liebsten gehe ich in den frühen Abendstunden in der Marsch spazieren oder besser noch an deren Rand, nahe den Wasserläufen. Sobald die Enten mich hören, setzt ein skeptisches Quaken ein. Ich höre, wie sie sich verständigen und gegenseitig alarmieren. Andere Enten, die weiter von mir entfernt sind, nehmen die Warnrufe auf; manchmal huscht in der Dunkelheit das Zischen schlagender Flügel an mir vorbei. Der Klang eines Paares dieser Enten im Flug ist anmutig und zugleich geheimnisvoll. Er rührt vom Schlag der Flügel her, ein heller, scharfer Ton, der lauter wird, wenn die Vögel näher kommen, und mit zunehmender Entfernung zu einem leisen, zischenden Säuseln abschwillt.

Eines Abends im März, die Dämmerung ging allmählich in die Nacht über, war der Himmel mit Wolken bedeckt, nur im Westen war zwischen der Wolkendecke und der Erde ein goldener Spalt frei geblieben. Auf meiner einsamen Düne war es sehr still und sehr friedlich. Die Welt um mich herum war dunkel, so dunkel wie eine flache Schale, über die sich feierlich ein Bogen aus Stille und Finsternis spannt. Dann hörte ich ein vertrautes Geräusch, und als ich mich zur Marsch umwandte, sah ich einen Flug Gänse, der vor dem Spalt mit dem verglühenden goldenen Licht über die Salzwiesen flog, ihre großen Flügel bewegten sich mit bedächtiger und feierlicher Anmut, ihr melodischer, glockenheller Ruf erfüllte die verwaist daliegende Landschaft und die Dunkelheit. Gibt es auf der Welt einen nobleren Laut der Natur? Ich lauschte dem Geräusch nach, bis es verklungen war und die Vögel in der Dunkelheit verschwanden, dann war nur noch leise das Meer zu hören, das zum Gezeitenwechsel vor sich hin schmatzte. Mir wurde kühl, und so kehrte ich nach Fo'castle zurück und legte frisches Holz auf die Feuerstelle.

Kapitel 6

Laternen am Strand

I

Es ist Mitte März, kalte Winde strömen zwischen der Erde und den heiteren Versprechungen der Sonne, der Winter zieht sich zurück, und für kurze Zeit scheint die ganze weite Welt um mich herum so leer wie eine Muschelschale. Der Winter ist nicht bloß eine Negation, nicht einfach die Abwesenheit des Sommers; er ist eine eigene und tatsächliche Präsenz, und zwischen seinem Ausklingen und dem langsamen und verhaltenen Einfließen des Frühlings hier im Norden liegt eine Phase, in der die Erde leer ist; teils ist es tatsächlich so, teils ist es ein Gefühl. Ein einzelner Regentag, eine Woche schönen Wetters, und die Erde füllt sich mit den Zuckungen und dem Pulsschlag der neuen jahreszeitlichen Energien an.

Erneut hat es ein Schiffsunglück gegeben, das fünfte dieses Winters und das schlimmste. Vergangenen Montagmorgen, um kurz nach fünf Uhr, strandete der Dreimastschoner *Montclair* vor Orleans und wurde in nur einer Stunde von der Brandung in Stücke geschlagen. Fünf Besatzungsmitglieder ertranken.

Die ganze Nacht über hatte es gestürmt, hohe See hatte sich aufgebaut. Bei Tagesanbruch legte sich der Sturm zwar, aber es war noch immer eisig und grau. Die *Montclair* war auf dem Weg von Halifax nach New York und hatte eine strapaziöse

Überfahrt hinter sich, bei Sonnenaufgang lag Orleans querab, das Rigg war vereist, die Mannschaft erschöpft. Unbeherrschbar geworden, drehte das Schiff Richtung Land, lief auf Grund und begann auseinanderzubrechen. Von den riesigen Wellen dieses Morgens wurde es angehoben, herumgeschleudert und wieder fallen gelassen, bei jedem Schlag, das es erhielt, bebten die Masten. Schließlich rüttelten sich der Fock- und der Großmast los, und wie sie nun auf groteske Weise vor und zurück taumelten und sich wie die Klingen einer Schere aneinander rieben, brachen sie die vorderen zwei Drittel des Schiffes der Länge nach auf – »wie mit einer Brechstange«, beschrieb es Russell Taylor aus Nauset. Das Schiff barst, das geborstene Vorderteil des Schiffes trieb in zwei Teilen auf die Küste und den Strand zu, Holzlatten, die das Schiff geladen hatte, quollen aus seinem Bauch ins Meer. Sieben Männer klammerten sich an die schaukelnde, dahintreibende Masse, die eben noch das Heck des Schiffes gewesen war.

Es war ein eigentümliches Wrack, denn das Schiff war in Querrichtung genauso sauber durchtrennt worden wie in Längsrichtung, und die Wellen drangen in den aufgebrochenen Rumpf wie in ein offenes Fass. Das Schiff schleifte über den flachen Grund, setzte mit dem Kiel auf und rollte in der See, sodass die Männer mal hoch emporgehoben und dann wieder tief hinab in die tosende See geworfen wurden. Durch den Bruch der beiden vorderen Masten war der Besanmast etwa fünfundzwanzig Fuß über Deck abgeknickt worden, und aus dem Stumpf ragten nun lange Splitter hervor, die im Takt der Schiffsbewegungen tanzten. Doch obwohl die Männer lädiert, durchnässt und halb erfroren waren, wagten sie es nicht, sich festzuzurren, weil sie zum Sprung vom schräg stehenden Deck bereit sein wollten, falls das Schiff kenterte.

So klammerten sich fünf Männer an die Luke des im Meer treibenden achterlichen Deckshauses, zwei an die Heckreling. Das Meer war voller Holzlatten, die die Männer immer wieder unter sich begruben und vor dem Strand einen zackenförmigen, unwirklichen Wall bildeten.

Eine große Welle riss die fünf mit. Die Menschen, die am Strand standen, hatten das Unglück kommen sehen und lauthals davor gewarnt, die Männer auf dem Deckshaus hatten ebenfalls vernehmlich gerufen, dann brach sich die Welle und begrub das unselige Wrackteil unter einem Gemisch aus Gischt und Trümmern. Als die Welle abgezogen war, waren die Männer verschwunden. Einen Moment lang war noch ein Kopf zu sehen, dann ein anderer, der nach Süden trieb, und dann war da nur noch das Meer. Zwei Männer klammerten sich noch immer an die Heckreling, der eine ein siebzehnjähriger Junge, der andere ein stämmiger, kräftiger Matrose. Die Welle riss den Jungen von der Reling los, doch der Seemann streckte die Hand aus, bekam ihn zu fassen und hielt ihn fest. Mit steigender Flut wurde das Heck auf das Ufer zugetrieben. Eine Handvoll Männer, die sich von der Küstenwachstation in Nauset auf den Weg gemacht hatten, erreichten den Strand, und ihnen gelang es schließlich, zu den Schiffbrüchigen vorzudringen und sie zu bergen. Die *Montclair* war zufälligerweise unweit einer Station der Küstenwache gestrandet, die außer Betrieb gestellt worden war – was immer dann der Fall ist, wenn nicht genug Arbeit anfällt, die den Betrieb rechtfertigt –, und die zwei oder drei Männer, die noch auf der Station Dienst taten, konnten nicht mehr tun als Hilfe herbeirufen. Die Männer aus Nauset umfuhren die Lagune von Eastham und die Bucht von Orleans mit dem Auto, doch die eigentliche Tragödie war längst geschehen. Sie hatte nur einen Augenblick lang gedauert.

Dieweil das Schiff weiter zerbrach, kamen Männer zum Strand und nahmen die Latten und sonstige Wrackteile, die ihnen von Wert schienen, an sich. Später gab es eine Art Versteigerung des geborgenen Materials. Tags darauf sah ich auf einem nahe gelegenen Bauernhof einen Stapel mit einem halben Dutzend Bündel der Latten aus dem Bauch der *Montclair.*

Eine Woche nach dem Unglück kam ein Mann, der am Strand von Orleans spazieren ging, an eine abgelegene Stelle, als er vor sich eine Hand sah, die aus dem Sand aufragte. Darunter entdeckte er den begrabenen Körper eines der Besatzungsmitglieder der *Montclair.*

Von Fo'castles Veranda aus kann ich den gebrochenen Besanmast des Schoners sehen. Am letzten Sonntag ging ich hinüber zu dem Wrack. Der Raum unter dem Deckshaus, von dem die Männer fortgerissen wurden – eine Offizierskabine, wie es schien –, ist ein unbeschreibliches Durcheinander aus Latten, gespaltenem Holz, zertrümmerter Täfelung, vollgesogenen Wolldecken und Seglerkleidung. Ich erinnere mich noch an die armseligen, schlaff herunterhängenden Halstücher. Mitten in dem Durcheinander stach mir ein rosafarbener Papierfetzen ins Auge. Er gehörte zu einer Broschüre mit dem Titel: »Wenn Sie im Februar geboren sind«. An Kiosken habe ich manches Mal alle zwölf Hefte stehen sehen. Die hellrote Farbe des Deckblattes dieser Ausgabe war auf das modrige Papier im Inneren durchgesickert: »Wer in diesem Monat geboren wurde«, las ich, »hat eine besonders enge Verbindung zu seiner Heimat«, und weiter hinten: »Sie gehen für Ihre Lieben durchs Feuer.«

Wer hat dieses Heft wohl mit an Bord gebracht?, fragte ich mich. Wessen Hände haben es neugierig geöffnet im Schein der Lampe, die in diesem durch die Tragödie zerstörten Raum stand? Der siebzehnjährige Junge ist am Schock und an Erschöpfung gestorben; der stämmige, kräftige Matrose, der einzige Überlebende, will weiter zur See fahren. »Er sagt, das sei alles, was er kann«, berichtete mir ein Mann der Küstenwache.

Das Wrack liegt am Rand der Brandungszone und erbebt jedes Mal, wenn eine anlaufende Welle dagegenklatscht und zu hoch aufschäumender Gischt zerbirst.

II

Um den großen Strand zu verstehen, seine Atmosphäre und »Stimmung« wertschätzen zu können, muss man sich vor Augen halten, dass es sich um den Schauplatz von Schiffsuntergängen und urgewaltigen Dramen handelt. Geschichten und Legenden von diesen großen Katastrophen füllen eine nicht unbeträchtliche Nische im Denken der Kapbewohner. Die Älteren wissen noch von der *Jason* zu berichten, davon, wie sie eines Winters unweit der Mündung des Pamet bei Sturm und Starkregen strandete und die Brecher den einzigen Überlebenden an den mitternächtlichen Strand warfen; andere erinnern sich noch lebhaft an die Tragödie der *Castagna* und jene Männer, die erfroren aus der Takelage geborgen werden mussten, während das Schneegestöber die Februarsonne verdunkelte. Betritt man eines der Häuser, kann es passieren, dass man auf einem Stuhl Platz nimmt, der von dem einen Wrack stammt, und an einem Tisch von einem anderen; und die Katze, die einem zu Füßen schnurrt, könnte selbst ein geretteter Seefahrer sein. Als die Männer der Küstenwache am Morgen nach dem Unglück zur *Castagna* zurückkehrten, fanden sie eine graue Katze, die in aller Seelenruhe in der Kabine des toten Kapitäns saß und auf ihre Retter wartete, derweil ein frierender Kanarienvogel auf seiner Sitzstange kauerte. Der Vogel starb an Unterkühlung, noch während er in einem Rettungsboot an Land gebracht wurde – »er ist einfach von der Stange gefallen« –, die Katze aber gründete eine Dynastie, die ihren Namen weitertrug.

Die Menschen von Cape Cod werden für ihr Verhalten bei Schiffsuntergängen seit jeher kritisch beäugt. Wie an jeder Küste, die derart abgelegen ist, galt ein Wrack früher immer auch als potenzieller Schatz, als Geschenk der See; bis heute können sich Wrackteile auf eigentümliche Weise in Luft auflösen. Plünderungen im eigentlichen Sinne gibt es jedoch nicht, eine solche Praxis ist am Kap verpönt, weil sie dem herrschenden Begriff von Anstand widerspricht. Dass die Latten aus der Ladung der *Montclair* verschwanden, hat viele Menschen verstimmt. So etwas wollten sie hier nicht haben. Wenn bei einem Schiffsunglück Menschenleben zu beklagen sind, nehmen sich das die Menschen vom Kap zu Herzen, man spricht darüber, trauert; werden hingegen Menschen gerettet, gibt es keinen Ort, an dem sie mit größerer Hilfsbereitschaft und Freundlichkeit behandelt werden. Die Menschen vom Kap waren nie Strandräuber im europäischen Sinne des Wortes. Ihr erster Gedanke gilt und galt stets den verunglückten Menschen.

Vor vierzig Jahren trieb ein Nordoststurm den Schoner *J. H. Eells* auf die Untiefe vor Eastham. Vollgelaufen, leckgeschlagen und vom Gewicht der geladenen Eisenbahnschienen nach unten gedrückt, saß das Schiff an diesem grimmigen Wintertag auf der Untiefe fest und verschwand immer wieder im dichten Schneegestöber. Die Strömungen entlang der Küste waren derart stark und schnell, dass sich kein Rettungsboot dem Schiff nähern konnte, und um es mit dem Leinengewehr zu erreichen, lag es zu weit vor der Küste. Ganz Eastham hatte sich am Strand eingefunden, die Frauen genauso wie Männer jeden Alters, und den ganzen Tag über kämpften die Dorfbewohner gemeinsam mit den Männern der Küstenwache darum, zum Schiff vorzudringen. Doch alles war vergebens, und so mussten sie, als die Dämmerung und anhaltende Schneefälle das Tageslicht verschluckten, tatenlos zusehen, wie die *Eells* in den Sturmböen aus dem Blick geriet, mit ihr die dem Tod geweihte Mannschaft, die sich noch immer an die Wanten klammerte.

Um diesen Männern Mut und Trost zuzusprechen, suchten die Dorfbewohner Treibholz zusammen und entzündeten am Strand mehrere große Feuer. Männer und Frauen entfernten Sand und frischen Schnee von alten Wrackteilen und warfen sie in die vom Wind aufgepeitschten Flammen. Die ganze Nacht lang fütterten sie diese Feuer. Als der neue Tag anbrach, mussten sie feststellen, dass zwei Männer unterdessen gestorben und über Bord gefallen waren. Um zehn Uhr, der Sturm hatte etwas abgeflaut, wurden die Überlebenden von einem Schleppschiff abgeborgen, das sich dem Wrack von See her näherte. Bis heute kommt das rostige, mit Muscheln bewachsene Eisen gelegentlich ans Tageslicht, und das gelbgrüne Wasser über der Untiefe schimmert im sommerlichen Sonnenlicht plötzlich blauschwarz.

Die Piraten des 18. Jahrhunderts, imposante britische Handelsschiffe aus der Mitte des viktorianischen Zeitalters, Walfänger, Ostindienfahrer mit dem Ziel Salem, Fischer aus Gloucester und eine Unzahl längst vergessener Segler des 19. Jahrhunderts – sie alle haben gebrochene Spieren und Tote an den Küsten Cape Cods hinterlassen. Wie erklärt sich diese lange Geschichte von Schiffsuntergängen und Sturm? Sie erklärt sich damit, dass das Kap dreißig Meilen tief in den Nordatlantik hineinreicht und die Routen der Seefahrer Neuenglands über fünfzig Meilen entlang einer Küste führen, die keinerlei Schutz bietet. Wenn ein Nordoststurm weht, über tausend Meilen grauer, aufgewühlter See heranzieht und in einer Winternacht landeinwärts heult, dann müssen alle Schiffe, die vor Cape Cod auf See sind, das Kap entweder passieren oder an ihm stranden. In der Schwärze und dem Kreischen des Sturms, unter dem Andrang des eisigen, kristallenen Schnees vereisen Riggs, Segel gefrieren und zerreißen – plötzlich ist auf der Leeseite der dröhnende Grundton der Brandung zu hören, das Schiff driftet einen Moment lang, das Gefühl, als verbiege die Brandung den Kiel, dann ein donnerndes Krachen, und das Schiff hebt sich auf die Untiefe.

Gestrandete Schiffe brechen sehr bald auseinander. Die Wracks schleifen über den Grund und stampfen auf den Meeresboden, die Wellen krachen ins Schiffsinnere, Decks zersplittern wie Glas, Balken brechen, und Beschläge aus Eisen verbiegen sich wie Kerzen, die zu heiß geworden sind.

Auch bei ruhigem Wetter und Nebel stranden hier Schiffe. Dann arbeiten die Männer der Küstenwache auf Hochtouren, um sie frei zu bekommen, bevor sich Brandung aufbaut; ein Boot der Küstenwache hilft ihnen dabei.

Vor ein paar Tagen ging ich des Morgens am Strand Richtung Nauset. Ich hielt mich nahe den Dünen, um mir die Wrackteile anzusehen, die der große Sturm freigelegt hatte.

Nördlich von Fo'castle, auf einer Strecke von etwa einer Meile, hatte er den seeseitigen Rand der Dünen um mindestens zwanzig Fuß nach Westen versetzt, und alle Wrackteile, die einst hier begraben waren, liegen nun, da der Sand weggespült wurde, am Strand oder ragen aus dem etwa zwölf Fuß hohen Sandwall hervor. Der ist noch jung und blank, die Wrackteile liegen darin solide verpackt wie die Früchte in einem aufgeschnittenen Obstkuchen. An einer Stelle ragt das etwa zehn Fuß lange Ende eines Schiffsmastes hervor wie ein Kanonenrohr aus einer Festungsmauer, an einer anderen Stelle bröckelt der Sand von den Überresten eines Beibootes ab, an einer dritten taucht die fleckige und modrige gelbe Ecke einer Tür auf. Dort, wo Wind und Wetter kleine Spalten geschaffen haben, wächst das Wurzelgeflecht von Seegras, weißlich und fein versponnen wie Nerven.

Manche dieser Wrackteile sind jahrhundertealt. Flut und Hochwasser befördern die Trümmer den Strand hinauf, Sand und Dünen kommen ihnen entgegen, um sie in ihren Besitz zu bringen; in einigen der Sandflächen, die sich zwischen den zersplitterten Rippen eines Schiffs und dem verschütteten Kiel bilden, wächst nun Strandhafer. Ein paar Latten aus der Ladung der *Montclair* bleichen am Strand aus.

Zwei Meilen von Fo'castle entfernt liegt die Station von Nauset, ihre kleine Flagge zeigt im steten Wind beharrlich aufs Meer hinaus, die Schornsteine, das verwitterte Dach und die Kuppel des Wachturms ragen knapp über die Dünen hervor.

III

Von Monomoy Point im Süden bis Race Point in Provincetown – eine Strecke von fünfzig Meilen – wachen zwölf Stationen der Küstenwache Tag und Nacht über den Strand und den Schiffsverkehr. Auszeiten kennt diese Form des Grenzschutzes nur, wenn die Natur es befiehlt.

Zwischen den Stationen stehen auf halbem Wege oder anderweitig geeigneten Punkten »Relais«-Hütten, und Hütten, Stationen und Leuchttürme sind durch ein spezielles Telefonsystem verbunden, das ebenfalls von der Küstenwache betrieben und in Schuss gehalten wird.

In jeder Nacht des Jahres, immer wenn sich die Dunkelheit über das Kap gelegt hat und das dumpfe Grollen des Ozeans in den Kiefernhainen und der Heide widerhallt, sind Lichter zu sehen, die sich auf besagten fünfzig Meilen Länge über den Strand bewegen, manche Richtung Norden, andere Richtung Süden, flimmernde Lichter und einzelne Punkte, einsam und geheimnisvoll. Sie stammen von den Laternen und elektrischen Taschenlampen der Männer der Küstenwache vom Kap, die nachts Patrouille gehen. Wenn die Nächte windig und regnerisch sind, einsam und vom Tosen des Meeres erfüllt, dann verbreiten diese Lichter entlang der Brandung eine Romantik und Schönheit, die ich elisabethanisch nennen möchte, weil sie über alle Mühen und Makel der Jetztzeit hinausweist.

Mitunter brennt am Rande des Ozeans eine rote Fackel, eine rote Signalfackel, die vor drohendem Schiffbruch warnen soll. »Ihr seid zu nah an der vorgelagerten Untiefe«, ruft das rote Licht dem Frachter zu, der im Platzregen einer Märznacht vom Kurs abgekommen ist. »Bleibt weg! Bleibt weg! Bleibt weg!« Die Fackel brennt und faucht, der Rauch weht davon, kaum dass er entstanden ist. Die gläsernen Bäuche der andrängenden Brecher verfärben sich zu rosa-schwarzen Spiralen, der brodelnde Schaum zu einer eigentümlichen Mischung aus Zinnober und hellem Violett. Aus der Dunkelheit und dem Regen jenseits des erleuchteten Bereichs ertönt ein Heulen als Antwort, Positionslichter verblassen, wenn das Schiff seinen Kurs ändert, das rote Flackern erstirbt mit einem Zischen der leeren Kartusche, in die verlassen daliegenden Dünen kehrt die Finsternis des Strandes zurück. Am nächsten Tag wird alles sachlich ins Logbuch der Station eingetragen: »02:36 Uhr Frachter gesichtet, der Kurs auf Untiefe nahm, Coston-Signale abgebrannt, Frachter hat geantwortet und Kurs geändert.«

Jede Nacht ziehen sie los; jede Nacht des Jahres wird die Küste im Osten Zeugin des Kommens und Gehens der Wächter von Cape Cod. Im Winter wie im Sommer gehen sie mal in diese Richtung, mal in jene, mal im mitternächtlichen Schneeregen, der von einem Sturm aus Nordost vorangepeitscht wird, mal in einer milden Augustnacht und dem Glanz des Mondes, der nach Mitternacht über dem Meer aufgeht, mal durch eine Welt, die von Regen, Blitz und Donner heimgesucht wird. Und immer, immer sind sie allein. Wenn ich frühmorgens aufstehe, sehe ich am Strand die Fußspuren, die in beide Richtungen verlaufen und in der Ferne verschwinden, eine Kette, die mit jedem Schritt neu geschmiedet wird, Nacht für Nacht im furchtlosen Dienst an der Menschheit.

Bei Nacht führen die Patrouillen zwischen den Stationen und den Relais hin und her. Unter bestimmten Umständen und zu besonderen Zeiten des Jahres endet die letzte Patrouille am Morgen an einem Posten, der auf einer Anhöhe über dem Strand errichtet wurde. Auf ihren Gängen tragen die Männer einen Vorrat an Signalfackeln bei sich – die Coston-Signale –, zusätzlich einen Griff, mit dem sie die Fackeln halten können, wenn sie brennen, und eine Kontrolluhr, die sie mit einem speziellen Schlüssel aufziehen müssen, der in den Relais aufbewahrt wird. Im Sommer wird der Strand zweimal begangen, im Winter dreimal, die erste Streife verlässt die Station kurz nach Einbruch der Dunkelheit, die zweite um Mitternacht, die dritte etwa eine Stunde vor Sonnenaufgang. Die durchschnittlich zurückgelegte Strecke einer Streife beträgt circa sieben Meilen. Von jeder Station ist jeweils immer nur ein Mann am Strand unterwegs, sodass sich die Patrouillen aus Norden und Süden abwechseln.

Tagsüber wird der Strand nur bei stürmischem Wetter oder Nebel überwacht. Dann müssen die Männer rund um die Uhr den Strand ablaufen, und ohne Aussicht auf eine richtige Pause folgt auf eine nahezu schlaflose Nacht Meile um Meile an einem grimmigen Wintertag. Normalerweise sind für die Tagwache nur die Wachtürme der Stationen besetzt.

Entdeckt ein Wachmann ein gestrandetes Schiff oder wird er auf ein anderes Problem am Strand aufmerksam, zündet er zunächst eine Leuchtfackel an – jene Coston-Signale, von denen bereits die Rede war. Damit macht er die Männer in der Station darauf aufmerksam, dass etwas im Argen liegt, zugleich signalisiert er den Männern auf dem havarierten Schiff, dass sie gesehen wurden und Hilfe im Anmarsch ist. Befindet sich das Schiff nahe der Station, kehrt der Wachmann zu ihr zurück und berichtet, befindet es sich nahe am Relais, greift er zum Telefon. In der Station löst der diensthabende Wachmann Alarm aus, die Männer springen auf, und in denkbar kurzer

Zeit sind die Besatzung und ihre Gerätschaft am Strand und nähern sich durch die Dunkelheit dem Havaristen. Heute hat jede Station einen kleinen Traktor, mit dem die Ausrüstung über den Strand transportiert wird.

Die Besatzung eines gestrandeten Schiffes wird entweder mit Rettungsbooten oder Hosenbojen geborgen – das entscheiden die Umstände.

Die Leinenkanone und Zubehör, Schießpulver, Leinen, Trossen und Taljen, werden in einem stabilen zweirädrigen Wagen aufbewahrt, der auch Strandwagen genannt wird. Das »Geschoss« oder Projektil, das von der Kanone abgefeuert wird, gleicht einem Gegengewicht aus Messing, wie sie in unseren Fenstern zum Einsatz kommen, nur dass ein Ende mit einem zwei Fuß langen, stabilen Beschlag versehen ist, der in einem Auge ausläuft.

Liegt ein Wrack vor dem Strand in der Brandung, wird das Ende einer dünnen Leine, Wurfleine oder Bola genannt, in das Auge des Projektils gesteckt und die Kanone sorgfältig auf den Havaristen ausgerichtet. Der Schuss muss so gezielt sein, dass die Männer in der Takelage das Projektil erreichen können, ohne jedoch getroffen zu werden. Geht alles gut, zischt das Geschoss gegen den Sturm an und landet mitsamt der Wurfleine an Deck. Sobald es der Besatzung gelungen ist, die Wurfleine einzuholen, wird eine zweite, schwerere Leine, das Jolltau, daran befestigt und ebenfalls von ihr eingeholt, an der wiederum die Hosenboje und die Trosse hängen, die dann zum Havaristen gezogen werden. Die Talje ist so geschoren, dass die Boje auch von den Männern der Küstenwache manövriert werden kann.

Wenn alle Seeleute heil von Bord gebracht wurden, wird eine ausgeklügelte Vorrichtung zum Wrack ausgebracht, die

die Trosse durchtrennt. Dann suchen die Männer der Küstenwache ihre Ausrüstung wieder zusammen, stellen einen Mann als Wache ab und kehren in ihre Station zurück.

Die kleine Gruppe Männer in schwarzem Ölzeug und jene Seeleute, die sie gerettet haben, stapfen davon, arbeiten sich gegen den Wind vor, das Rettungsboot auf seinem fahrbaren Gestell weist ihnen die Richtung, das Brummen des Traktors, der den Takt vorgibt, wird vom Sturm verweht. Auf dem Strand stapeln sich Wrackteile, die die Brandung angespült hat, neues Wrackgut ist auf dem Weg an Land, alte, verwitterte Planken, eine Luke, vollgesogene Seglerkleidung. Ein Gewirr aus Fußabdrücken überzieht den menschenleeren Strand; die Luft ist voller Gischt, die der Wind von den Brechern herüberweht; der Sturm kreischt unablässig. Vor der Küste, noch in der Brandungszone, liegt das Wrack auf der Seite – einsam und verlassen wie ein Spielzeugboot, das das Kind eines Riesen achtlos weggeworfen hat. Die Wache, die am Strand zurückgeblieben ist, geht auf und ab, reibt sich die Hände in den Fausthandschuhen und beobachtet die Brecher, die das Wrack unter Bergen von Gischt begraben, es überschwemmen und speiend wieder herausströmen … leckgeschlagen … ein Fischereischoner, das Rigg vereist, einem der Männer sind beide Hände erfroren … Aber sie haben sie alle rausbekommen.

IV

Mehrmals in der Woche statte ich der Station von Nauset einen Besuch ab, meist am späten Nachmittag. Post und Pakete werden ganz in der Nähe zugestellt, und dann und wann nehme ich dort auch eine Nachricht entgegen, die mir aus Eastham nachgeschickt wurde.

Die Station der Küstenwache steht dort, wo das Festland von Cape Cod in die Dünen übergeht. Es ist ein weißes Holzgebäude, so klein und behaglich wie viele Häuser am Kap, denen es äußerlich wie innerlich gleicht. Im Erdgeschoss befinden sich der Unterstand für das Rettungsboot, eine Küche, die auch als Esszimmer dient, ein Wohnzimmer und die Unterkunft des Vormanns, im Obergeschoss liegen zwei Schlafsäle. Vom westlichen Schlafsaal aus führt eine Jakobsleiter durch einen Ausstieg in den Wachturm.

Das Leben meiner Nachbarn in Nauset entspricht in etwa dem von Matrosen auf kleinen Schiffen. Sie arbeiten im Schichtdienst, verpflichten sich für einen gewissen Zeitraum – der erste Vertrag läuft über drei Jahre –, beziehen einen Sold, haben eine Disziplinarordnung, Uniformen und Urlaubszeiten. Frühstück morgens um sieben Uhr, dann Unterricht – heute steht der Umgang mit dem Rettungsboot auf dem Lehrplan, morgen Reanimation sowie Leucht- und Flaggensignale –, um elf Uhr Mittagessen, Dienst auf dem Wachturm im Wechsel den ganzen Tag hindurch, nachmittags Schlaf und Freizeit, um halb fünf Abendessen, dann folgen der Sonnenuntergang, die Nacht und die langen, einsamen Meilen am

Rande des Ozeans. Im Winter tragen die Männer eine in dunklem Marineblau gehaltene Uniform und ein blaues Flanellhemd; im Sommer wechseln sie auf ein weißes Hemd mit breitem Kragen, dazu kommt ein weißer Hut. Ihre offizielle Dienstbezeichnung lautet »surfmen«, zur Unterscheidung tragen sie Nummern, die entsprechend ihrem Rang und der Länge ihrer Dienstzugehörigkeit vergeben werden.

Es sind feine Kerle, die Wachmänner vom Kap. Sie trotzen dem ärgsten Sturm – ohne Fragen zu stellen, ohne zu zögern –, einem Sturm, in dem Überleben unmöglich erscheint. Die Tür hinter ihnen scheppert, Eisregen peitscht gegen die Fenster, das Kap erbebt unter der andonnernden See, doch die Männer sind schon in der Heide und kämpfen sich durch den Sturm; sie kämpfen sich im Schneckentempo voran, sieben endlose Meilen weit. Doch sie machen kein Aufhebens darum und verlieren nur selten ein Wort darüber – sie nehmen einfach ihr schwarzes Ölzeug und die Gummistiefel aus dem Spind, schlüpfen im Schein der Laternen hinein und machen sich auf den Weg.

Ich schulde den Männern von der Station in Nauset aufrichtigen Dank. Ohne ihre Anteilnahme und Hilfe, ohne ihre Gastfreundschaft und ihren nimmermüden guten Willen wäre mein Experiment möglicherweise an zu großer Einsamkeit und zu vielen Schwierigkeiten gescheitert. Die langen Winternächte in der vom Schein der Lampe erfüllten Hütte, das ansteigende Heulen und Klagen des Windes auf den Dünen, das Aufblitzen der Laternen der Wachmänner im Schneegestöber, die Begegnung mit einem anderen Menschen, die Pause am Strand, das Gespräch am Feuer – all das wird mir unvergesslich bleiben. Den ganzen Winter über stellte ich bei schlechtem Wetter des Nachts ein Licht ins Fenster und hielt auf dem Ofen eine Kanne mit Kaffee warm. Manchmal hörte ich Schritte auf der kleinen Veranda vor Fo'castle, manchmal blieben sie aus, und niemand folgte der Einladung des Lichts, das in der Dämmerung flackerte.

Die meisten meiner Nachbarn stammen von Cape Cod. Hier geboren und aufgewachsen, haben die Männer ein instinktives Verständnis für das Meer und Schiffe, auch wenn sie nie zur See gefahren sind. Doch die Wächter über das Kap müssen nicht hinaus aufs Meer fahren, sie müssen sich in die Brandung wagen. Sie sind Geschöpfe des Strandes und Erben einer langen lokalen Tradition, in der das Wissen über die Brandung und deren Tücken bewahrt ist. Diese Männer haben das Dröhnen des großen Strandes schon in der Wiege gehört. Wie bereits beschrieben, löst der Anblick der Brandung bei starkem Sturm widerstreitende Gefühle aus, eine Mischung aus Faszination und Schrecken; sich ihr in einem Boot auszusetzen würde jede Landratte wahnwitzig anmuten. Doch gerade bei solchen Gelegenheiten ist das traditionelle Wissen der Männer vom Kap über die Brandung gefragt. Die Vormänner wissen um den richtigen Ort, den richtigen Zeitpunkt und die richtige Welle, um das Rettungsboot zu Wasser zu lassen. Ist das Kommando gegeben, geht es los, das Boot schwimmt auf, der Vormann steht achtern am Ruder, bietet Wind und Wellen die Stirn und steuert, während die Männer um ihr Leben pullen.

V

Fünf Uhr nachmittags, und nach einem Spaziergang über den Strand durch kalten Gegenwind erreiche ich die Station der Küstenwache in Nauset. Ich nehme mein Gepäck vom Rücken und stelle meinen Stock, den ich am Strand benutze, in eine Ecke des kleinen Windfangs vor der Küchentür. Der große Sturm hat das Ufer so stark abgetragen, dass das Wasser in der Küche einen merkwürdigen Beigeschmack bekommen hat, und die Männer mussten Trinkwasser aus dem Dorf mitbringen; ein Fass und eine Flasche mit Quellwasser stehen auf dem Boden vor dem Eingang. In die hellsandfarbenen Wände sind mehrere Spindtüren eingelassen.

Das Abendessen geht aufs Ende zu, aber wie ich an den Gesprächen höre, sitzen meine Nachbarn noch am Tisch. Die Stimmen sind mir vertraut. Da ich Freunde ungern beim Essen störe, warte ich ein wenig, die Minuten verstreichen, dann erst klopfe ich an die Küchentür.

Herein! Meine Freunde sitzen an dem langen Tisch am anderen Ende der Küche. Das Essen ist fast beendet. Gestern war einer der Männer fischen, und auf dem Tisch steht eine große Schüssel; eben war sie noch mit einer sämigen Fischsuppe gefüllt, jetzt herrscht darin tiefste Ebbe. Nimm Platz und trink eine Tasse Kaffee mit uns. Danke, sehr gern. Stühle werden gerückt, um für den Gast Platz zu machen, und dann sitze ich am Tisch, stimme ins Gespräch ein, esse Krapfen und trinke schwarzen Kaffee aus einer großen weißen Blechtasse. Der heiße, starke Kaffee tut nach dem langen Marsch durch die Kälte gut. Meine Tischgenossen sind alles junge Männer, manche von ihnen noch blutjunge Burschen, die kaum ihr zwanzigstes Lebensjahr erreicht haben. Und so heißen meine Gastgeber: George B. Nickerson, Vormann; Alvin Newcomb, Surfman Nr. 1; Russell Taylor, Nr. 2; Zenas Adams, Nr. 3; William Eldredge, Nr. 4; Andrew Wetherbee, Nr. 5; Albert Robbins, Nr. 6; Everett Gross, Nr. 7; Malcolm Robbins, Nr. 8; Effin Chalke, Nr. 9. Andere haben ihren Dienst beendet oder wurden versetzt: Wilbur Chase, John Blood, Kenneth Young und Yngve Rongner, der mir das Rostrum eines Schwertfisches geschenkt hat.

Die Vormänner der Stationen sind bestens bekannt und in der Gesellschaft hoch angesehen. Als ich das erste Mal nach Eastham kam, stand die Station in Nauset unter dem Kommando meines lieben Freundes Captain Abbott H. Walker, eines wahren Könners seines Fachs und eines der angesehensten und geachtetsten Männer von Cape Cod. Vor zwei Jahren, nach sechsundzwanzig aufreibenden Jahren an der Spitze der Station, hat er sich zur Ruhe gesetzt und in sein Haus an der Bucht von Orleans zurückgezogen. Als Nachfolger konnte Captain George B. Nickerson gewonnen werden, ein hervorragender junger Offizier aus Chatham. In der Station von Nauset fällt viel Arbeit an, und Captain Nickerson hat ihrer verdienstvollen Geschichte bereits neue Lorbeeren hinzugefügt.

Die Unterhaltung am Tisch ist angeregt, die Beiträge sind lebhaft und entschieden. Während ich meinen Kaffee trinke, erfahre ich von einer Schlacht, die am Morgen des Tages im Meer zwischen einem Fisch unbekannter Art und nicht näher zu bestimmenden »Feinden« geschlagen wurde – »genau vor unserer Tür«. Der Fisch konnte entkommen, wenn auch nur um den Preis einer großen Wunde in seiner Flanke. Willst du noch einen Kaffee?

»Keine Frage, im Sturm rauszumüssen ist immer noch besser als dieser ewige Sand. Da ist mir ein Nordwester tausendmal lieber.«

Von Zeit zu Zeit, meistens im Herbst, zieht ein trockener Wind über den Strand und wirbelt in solchen Mengen Sand auf, dass es der Sahara zur Ehre gereichen würde. Vor drei Jahren habe ich einen solchen Wüstenwind erlebt. Er setzte mit einem Sonnenuntergang ein, dessen glühendes Rosa sich rasch zu einem rauchigen Karminrot vertiefte, und von ein paar feinen Wolkenfetzen abgesehen, war der Himmel leer. Als der sonderbare Himmel zu schwelen begann und das Licht der Sterne aufzog, ergriff ein Teufel die Macht über einen steifen Nordwind, der bereits den ganzen Tag geweht hatte. Nun drehte er, sodass er parallel zum Strand blies, und legte an Stärke noch einmal zu. Binnen einer halben Stunde verwandelte sich die Welt aus Strand und Dünen in ein gellendes, qualmendes, menschenfeindliches Wüstenreich voller umherfliegendem Sand. Eine Walze aus Wind zog über den Strand wie durch einen Kanal, sog über viele Meilen losen Sand auf und riss alles an sich, was nicht festgewachsen war. Kiesel, Stöcke, Fassdauben, Teile von Obststeigen, Fassbänder, Büschel ausgerissenen Strandhafers, Gischt der Brandung und eine Vielzahl namenloser dunkler Klumpen beteiligten sich an der allgemeinen Hatz durch die dämonische Dunkelheit, die alles zu ersticken drohte. Ich lief vor dem Sturm her, den Kopf tief in den Kragen meiner Regenjacke vergraben, meine Augen schmerzten vom Blinzeln, das sie doch nicht vor den Nadelstichen schützen konnte, die der Sand ihnen versetzte, meine Nasenlöcher, die ihn einatmeten, waren heiß und trocken, mein Mund damit beschäftigt, ihn auszuspucken. Und ich fragte mich, wer in jener Nacht wohl Patrouille gehen musste – in den Sturm hinausmusste, den Kopf zur Seite und nach unten gewandt, das Gesicht mit einer Pappe schützend.

In einer solchen Nacht, so eine der zahllosen Geschichten, die sich um die Station ranken, ging einmal ein Wachmann den Strand entlang, als er hinter sich ein merkwürdiges und unheimliches Stöhnen hörte. Alarmiert wandte er sich um, kniff gegen den Sturm die Augen zusammen und sah schließlich ein großes dunkles, hüpfendes Etwas auf sich zukommen, das in regelmäßigen Abständen laut stöhnte. Der Wachmann lief los, das Etwas folgte ihm, und je näher es kam, desto schriller wurde der gespenstische Laut. Als unser Mann schließlich nicht mehr konnte, ließ er sich fallen, streckte sich lang aus, krallte die Finger in den Sand und röchelte kraftlos: »Wenn du mich haben willst, komm und hol mich.« Einen Moment später rollte ein großes leeres Fass über ihn hinweg und verschwand Richtung Monomoy. Auf halber Höhe stand ein Spundloch offen, und jedes Mal, wenn es sich zum Wind hin drehte, war das unheimliche Stöhnen zu hören gewesen.

Wer geht heute als Erster Richtung Süden? Malcolm Robbins ist an der Reihe, um zwei Uhr dreißig löst Long ihn ab. Zeit, aufzuräumen. Jeder bringt seinen Teller und sein Besteck zur Spüle, wer kochen muss, legt Kohle nach, die Männer unterhalten sich, die Wasserpumpe rasselt, das Abwaschbecken füllt sich. Der Wachmann, der während des Essens auf dem Turm Dienst geschoben hat, kommt herein und isst allein an dem nun leeren Tisch. Das Geklapper von Löffel und Schüssel, Stimmen. Geht es um Baseball? Um Nachrichten aus dem Radio? Um Ereignisse in der Station? Jemand öffnet ein Fenster und lässt die kühle Luft des Vorfrühlings herein, und unvermittelt, in einem Moment der Stille, höre ich, wie eine einzelne riesige Welle sich donnernd bricht und wieder zurückzieht.

Kapitel 7

Ein Frühlingsspaziergang ins Inland

I

Letzte Nacht wachte ich um kurz nach zwei Uhr auf. Das größere der beiden Zimmer war mit dem Licht des Aprilmondes angefüllt, und es war so still, dass ich das Ticken meiner Armbanduhr hören konnte. Ich war weder fähig noch gewillt weiterzuschlafen, und so zog ich mich an und ging hinaus in die Dünen. Werde ich so wie in jener Nacht aus irgendeinem Grund wach, stehe ich meistens auf und begebe mich in aller Ruhe auf eine Erkundungstour. Es war kaum mehr kühl in meiner Welt am Ozean, eine leichte, böige Brise aus West strich in Wirbeln über den Boden, hoch an einem wolkenlosen Himmel stand der Vollmond, bei Ebbe war die Brandung nur mehr ein Rinnsal. Mit dem Spazierstock in der Hand querte ich den Strand, bis ich festeren Sand erreichte, wandte mich Richtung Süden und ging ohne Hast und Eile auf die große Düne zu.

Als ich mich ihrem Schatten näherte, hörte ich von jenseits der Düne ein Geräusch, zunächst schwach und aus großer Entfernung. Doch es kam näher, und im selben Maße wurde es lauter und gellender. Als ich es nach gefühlt einer Minute erneut hörte, erklang es von See her und irgendwo über mir. Ich sah nach oben, konnte aber nichts erkennen; das Geräusch, das ich gehört hatte, verklang. Schließlich vernahm ich es erneut, nun wieder von jenseits der Düne, aus südwestlicher Richtung, ein herrlicher, an- und abschwellender, glockenheller chorischer Klang – der Klang eines großen Fluges Gänse, der in einer ruhigen, mondbeschienenen Nacht gen Norden zog.

Ich stieg auf die große Düne, den Gipfel dieser Berge aus Sand. Der Mond warf seinen Schatten auf ihre nach Osten zeigende Flanke, die Dünenkrone aber reckte sich ins Licht empor und thronte über Marsch und Meer. Die Wasserläufe lagen so still im Mondlicht wie ein Waldsee, das Meer war eine dunkle Masse, auf deren Oberfläche der Mond einen glänzenden, golden-grünlichen Schimmer legte. Ich blieb auf meinem Aussichtspunkt, bis das Licht fahler wurde, und lauschte der eigentümlichen Musik der Vögel, die in jener Nacht in großer Zahl am Himmel entlangzogen. Sie kamen vom Ellbogen des Kaps und querten auf ihrem Weg in die unendlichen Weiten des Ozeans die Marsch von Eastham und die Dünen. Es gab kleine Gruppen und große Gruppen, mal schien der Himmel leer, dann wieder war er erfüllt von einem immensen Getöse, das langsam über dem Meer verhallte. Mitunter konnte ich den Flügelschlag hören und dann und wann die Vögel auch sehen, doch kaum hatte ich sie entdeckt – sie flogen schnell –, tauchten sie als ferner Punkt in den mondbeschienenen Himmel ein.

Ein Tag im April bricht an, der Frühling hält in den Dünen Einzug, das Meer aber verharrt weiterhin im Winter. Mit jedem neuen Tag und stetig wachsender Intensität wirft die Aprilsonne ihr hartes, helles Licht auf die Wasseroberfläche, doch der Atlantik lässt die Wärme an sich abprallen. Eine kleine Wolke vor der Sonne, ein Schatten, und schon kehrt die See in den Februar zurück. Keine Wolke, kein Schatten vermag das auf den Dünen zu leisten. Unter der Aprilsonne nehmen die Hügellandschaft und ihre landeinwärts gerichteten Hänge eine eigenartige, gleichwohl reizvolle Farbe an, die so zart darüberliegt wie die Spiegelung in einem Teich. Die Farbe erinnert an jenes blasseste Oliv, wie man es im Frühling an den Hängen der Provence findet. Es verdankt sich dem Nebeneinander von hellem Sand, ausgebleichtem Gras und frischem Strandhafer, dessen Halme ein erwartungsfrohes Grün verströmen.

Die Seevögel, seien es die auch »Säger« genannten Meerenten, Eisenten, Büffelkopfenten, Eiderenten, Pfeifenten, Alken oder andere, haben das Kap bis auf wenige Ausnahmen verlassen und sind in ihre Brutgebiete im Norden zurückgekehrt. Nach dem 15. April begegnet man diesen Tieren des Meeres auf Cape Cod nur noch selten. Sie sind an den Seen Manitobas zu Hause, auf den eiszeitlichen Höhen Grönlands und in den Moosen und Gräsern der Tundra. Doch anders als im Herbst ist der Himmel bei den Wanderungen des Frühjahrs nicht zu allen Zeiten des Tages voller Vögel. Angetrieben von ihrem gebieterischen Instinkt und den Gesetzmäßigkeiten der Natur, drängen sie zur Eile und verlegen ihre Flüge weitaus öfter in die Nacht als bei ihrer Reise gen Süden.

Die ersten Vögel, die auf dem Weg nach Norden hier am Strand Rast machten, waren »Nackenbandträger« – Exemplare des Amerikanischen Sandregenpfeifers, *Charadrius semipalmatus* –, und so wie die letzten Vögel, die ich am Strand gesehen hatte, versprengte Nachzügler waren, waren auch diese ersten abenteuerlustige Einzelgänger. Am 2. April sah ich einen Sandregenpfeifer, der vor mir über den oberen Strand lief; am 5. April lief mir ein weiterer Streuner über den Weg; am 8. April spürte ich einen Flug von zwölf Tieren auf. Seither habe ich mehrfach solche Gruppen von Vögeln gesehen und verfolgen können, wie sie über die Brandung aufs Meer hinausschwenken und dabei ihren melodischen und schwermütigen Ruf erklingen lassen. Dieser Ruf gleicht dem des Gelbfuß-Regenpfeifers, *Charadrius melodus*, hat aber nicht dessen flötengleichen reinen Klang.

Ab dem 5. April konnte ich eine kleine Kolonie Basstölpel beobachten, die vor Fo'castle auf Fischfang ging. Basstölpel waren lange Zeit meine Lieblingsvögel. Bezeichnet man das Gefieder von Vögeln als »weiß«, so ist damit normalerweise eine Vielzahl von feinen Tönungen gemeint; manche Vögel sind gelblich weiß, andere weiß mit einem rosafarbenen Grundton. Für mein Auge ist das Weiß des Basstölpels dagegen so rein und unvermischt, wie man es in der Natur nur finden kann, darüber hinaus ist das Schwarz der Flügelspitzen von unübertrefflicher Schwärze. Der Vogel ist groß – Ornithologen sprechen von dreiunddreißig bis vierzig Inch –, und die Flügel setzt er ein, als seien es faltbare Flossen. Wenn Meer und Himmel im Blau der Mittagszeit erstrahlen, bietet sich dem, der diese Kreaturen beim Tauchen beobachtet, ein entzückendes Bild voller reizender Farben. Basstölpel sind hervorragende Taucher. Die Exemplare vor Fo'castle schweben nach meiner Schätzung vierzig bis fünfzig Fuß über der Meeresoberfläche und kreisen über den flacheren Stellen. Sobald sie einen Fisch entdeckt haben, stürzen sie auf ihre Beute nieder wie ein Pfeil aus einer Wolke. Beim Aufprall auf dem Wasser spritzt eine kleine Wasserfontäne auf. Sind viele Fische über der Untiefe, dann stürzen diese lebenden Lote herab, steigen wieder auf und fallen erneut, bis der gesamte Fischgrund von feiner Gischt bedeckt ist. Wie die Sandregenpfeifer sind auch die Basstölpel auf dem Weg zu ihren Brutplätzen im Norden.

Anfang März brachte mein Freund Kenneth Young aus Orleans mit seinem Ford Lebensmittel vorbei, und als wir auf der Veranda von Fo'castle standen und uns unterhielten, lenkte ich seine Aufmerksamkeit auf die Enten, die an jenem Morgen die Wasserläufe bevölkerten und ein ungewohntes Geräusch von sich gaben. »Sie werden sich doch nicht so früh im Jahr schon paaren«, sagte ich erstaunt. »Das nicht«, erwiderte mein Freund, »aber jetzt entscheidet sich, wer wen zum Tanz bittet.« Diese Analogie, so scheint mir, gibt die Benimmregeln oder den »Ton«, nach denen das Liebeswerben in solchen Vogelkolonien abläuft, trefflich wieder; sie lässt die Verrenkungen und Verbiegungen erahnen, die Prahlerei, die schüchternen Annäherungsversuche und deren gespielte Zurückweisung, das nicht enden wollende Tuscheln, Maunzen, Quaken und Schnattern, das den drängenden Trieben der Natur den Mantel der Höflichkeit umzulegen versucht.

Unter dem blauen Himmel des April findet sich in den Marschen weitaus weniger Leben, als ich es gewohnt bin; der Westwind trägt nicht länger den Klang des Frühlings und des Liebeswerbens an mein Ohr. Die Enten haben ihre abgelegenen Tümpel und Seen aufgesucht, die Lerchen sind nach Labrador weitergeflogen, und selbst die Silbermöwen zerstreuen sich allmählich. Obschon die Brutzeit dieses Vogels erst in der ersten oder zweiten Maiwoche beginnt, ziehen die heiratsfähigen Tiere schon jetzt Richtung Osten weiter. Hunderte Inseln und Inselchen vor der Küste von Maine sind heute so unberührt, wie sie es waren, als Samuel de Champlain die Region bereiste, und die Silbermöwe brütet dort abertausendfach.

Der Sand hat seine alte Struktur und Fließfähigkeit vollständig wiedererlangt, doch ein blasses Grau zeugt noch immer vom Einfluss des Winters. Die goldene Wärme hat Einzug gehalten, und schon bald wird die höher kletternde Sonne das Gespenst der Kälte vertrieben haben. Aus den winterlichen Verwehungen des Sandes recken sich erste Halme des Strandhafers, die Blätter sind zu einem grünen Speer zusammengerollt, der in einem spitzen Dorn ausläuft. Aus den verdorrten Resten alter Pflanzen wachsen andere Blätter, andere Triebe, und was an Blättern des vergangenen Jahres übrig ist, wird spröde, bricht und fällt herab. Selbst die Pflanzenwelt des Schlicks hat am beginnenden Frühling teil. Bei Niedrigwasser zeigen sich in den Wasserläufen hellgrüne feuchte Flecken von Seegras, *Zostera marina*; sie liefern die beherrschenden Farben des Frühlings in meiner Welt und sind sehr schön anzusehen, wenn die Aprilsonne scheint.

Die Säugetiere waren die Ersten, die nach dem Winterschlaf wieder zum Leben erwachten – nach den ersten warmen Nächten im März stieß ich in den Dünen auf die Spuren von Stinktieren –, ihnen folgten Vögel, die zurückkehrten. Das Leben der Insekten ruht noch fast vollständig, nur ein paar vereinzelte Fliegen haben sich in mein Haus verirrt. In ihrem Reich beginnt das Leben immer wieder ganz von vorn.

Mit dem April schreitet auch der Weg der Sonne voran, an jedem neuen Tag steigt die runde Scheibe weiter nördlich aus dem Ozean als tags zuvor und geht auch weiter nördlich wieder unter, sie scheint und scheint und rückt dem Winter mit Feuer zu Leibe.

II

Den gestrigen Tag habe ich einem Abenteuer gewidmet, das ich mir schon lange vorgenommen hatte: einem Spaziergang quer über die Halbinsel, vom Ufer des Atlantiks bis zur Bucht von Cape Cod. Die Entfernung von Fo'castle bis ans westliche Ufer beträgt etwa viereinhalb Meilen Luftlinie, zu Fuß werden es siebeneinhalb sein, weil man den Straßen folgen muss, die nördlich um die große Lagune herumführen. Das Wetter passte zu meinem Vorhaben: Es war kühl, ein leichter Ostwind strich über die Heide, doch sobald ich mich im Windschatten und in der Sonne aufhielt, war es angenehm warm.

Auf dem Weg zur Station der Küstenwache in Nauset hielt ich mich hinter den Dünen, wo ich das Meer weder sehen noch hören konnte. Überall auf den nach Westen geneigten Hängen drängt die Pflanzenwelt durch die Verwehungen und sandigen Ausläufer, die sich während des Winters gebildet haben; grüne Blätter der Strand-Platterbse stoßen hervor, die Rillen noch voller Sand; die Goldraute drängt derweil die hellen Partikel beiseite. Gegenüber dem frischen olivfarbenen Anstrich der Dünen wirken die gedrungenen Sträucher der Strandpflaume so düster wie eh und je, doch wenn ich mich einem von ihnen nähere, stelle ich fest, dass ihre Knospen mit einer kleinen grünen Spitze versehen sind.

Wie sich bei meiner Ankunft in Nauset herausstellte, lüfteten meine Nachbarn von der Küstenwache gerade die Betten und waren mit Hausputz beschäftigt. Andrew Wetherbee stand auf dem Wachturm und hieß mich willkommen; wir scherzten eine Weile lautstark miteinander. Dann wandte ich dem Ozean und der einsetzenden Flut den Rücken zu und ging Richtung Westen.

Die erste Meile der Straße von Nauset nach Eastham verläuft durch eine einzigartige Landschaft, einen Gürtel aus wildem, hügeligem, sandigem und baumlosem Heideland, das über zwei Drittel seiner Ausdehnung dem Verlauf einer Bruchkante folgt und sich circa eine Meile weit ins Inland zieht. Die Station von Nauset mit ihrem grünen Flor aus vom Menschen angelegter Vegetation liegt auf der Grenze zwischen meiner Dünenwelt und dieser ans Meer grenzenden Wüstenei. Die Pfade der Küstenwache und die niedrigen, eine Reihe bildenden Posten mit den Telefonen sind die einzigen Hinweise auf die Anwesenheit des Menschen.

So einsam und verlassen dieses Randgebiet des Kaps ist, so außergewöhnlich schön ist es, wobei die Verbindung aus Geheimnis und Weite die Anziehungskraft für meine Begriffe verdoppelt. Unmittelbar nördlich der Station wird das Gras spärlich und dünn, und der Boden des Ödlandes ist mit einem dicken Teppich aus *Hudsonia tomentosa* bedeckt, einem moosartigen Heidekraut, das hier Armengras genannt wird. Durchsetzt ist dieser Teppich mit Linien und Flecken aus hellem Sand. Den ganzen Winter über trug diese Pflanze ein Grau wie von Lumpen; es sah aus und fühlte sich an wie grobes Leinen, nun aber zeigt es einen der seltensten und anmutigsten Grüntöne, der in der Natur vorkommt. Am ehesten beschrieben wäre er mit Salbeigrün, doch auch damit wäre die Farbe nur unzureichend wiedergegeben. Es handelt sich durchaus um Salbeigrün, eines jedoch von unvergleichlicher Sättigung und Tiefe. Über das gesamte Ödland verwandelt das zunehmende Licht das winterliche Grau des Sandes in ein frisches Grauweiß, auf dem ein silberner Überzug schimmert; so hellt die Heidelandschaft auf, während die Pflanzen auf ihr dunkler werden. Am besten gefällt mir diese urtümliche Landschaft in der Dämmerung, weil sich dann auf der falben Erde bereits die Nacht ankündigt, ehe die Farben des Sonnenuntergangs vom niedrigen Himmel getilgt sind und man im Frieden der einsetzenden Dunkelheit spazieren gehen und dabei aus der Ferne den Widerhall des Meeres hören kann.

Westlich dieser baumlosen Landschaft steigt die Straße hinauf zur Hochebene von Cape Cod und zu den bewohnten Gebieten.

Als Henry Thoreau 1849 durch Eastham kam, musste er sich mit einem Schirm gegen den kräftigen Herbstregen schützen. Die Gegend beschrieb er als nahezu baumlos, weshalb die Menschen ihr Feuerholz am Strand zusammenklaubten. Heutzutage können die Küstenbewohner dafür ebenso auf Waldungen zurückgreifen wie die Bewohner des Inlandes. Der Baum, der sich hier im windumtosten Hochland angesiedelt hat, ist die Pechkiefer, *Pinus rigida*, die auch in den Trockengebieten von Long Island und auf den Ödflächen New Jerseys heimisch ist. Die Pechkiefer ist weder sonderlich interessant noch sonderlich schön – in einem Buch über Bäume las ich die Beschreibung »grob und ungeschlacht« –, und doch mag ich nichts Schlechtes über sie sagen, denn sie erfüllt ihre Funktion: Sie liefert Feuerholz, gibt Sand und Boden Halt und schützt so die gepflügten Felder. An günstig gelegenen Standorten erreicht sie eine Höhe von dreißig bis vierzig Fuß; an weniger geschützten Stellen kommen die ältesten Bäume mit Mühe auf fünfundzwanzig bis dreißig Fuß. Der Stamm der Pechkiefer ist bräunlich mit einer Andeutung von Violett, und dass sie bis zur Spitze gerade wächst, ist die Ausnahme; ihre

Nadeln wachsen in Dreierbündeln, und die Zapfen können jahrelang an den Zweigen überdauern.

Der größte Feind der Pechkiefer ist das Feuer. In der Nähe von Wellfleet wütete ein solches Feuer unlängst vier Tage lang und drohte zwischendurch auch auf den Ort überzugreifen. Die Küstenwache wurde ausgesandt, um den Bewohnern zu helfen. Rotwild, so wurde mir berichtet, irrte in den brennenden Wäldern umher, panisch vom Qualm und vom Knacken der Feuersbrunst. Ein Mann, den die Flammen umzingelt hatten, sprang in einen Teich. Als er wieder auftauchte, hörte er ganz in seiner Nähe ein Platschen und stellte fest, dass neben ihm ein Reh schwamm.

Gestern waren die Sträucher und Büsche am Boden rostbraun, weil die Bäume im Frühling ihr Winterkleid abwerfen. Als ich anhielt, um einige Bäume zu inspizieren, die wie abgestorben aussahen, schreckte ich einen großen Vogel auf, der in dem Wäldchen nördlich der Straße gesessen hatte; es war eine Hudsonweihe, *Circus Hudsonius*, deren kräftige braune Gestalt aus den Baumwipfeln aufflatterte, durch die Luft schwebte und sich schließlich im Gestrüpp am Rande der Marsch niederließ. Den Vogel zu sehen und einen Hinweis auf seinen Wohnort zu haben machte mich froh, denn ein Weibchen dieser Gattung stattet den Dünen täglich einen Besuch ab. Es kommt aus der Region nördlich der Marsch und quert den nordöstlichen Bereich der Untiefe; sobald es den Strand erreicht hat, fliegt es parallel zum fünf Meilen langen Sandwall der Dünen. Dabei hält es sich fünfzehn bis zwanzig Fuß über dem erwachenden Grün. Mal schwebt es einen Moment lang, als wolle es im nächsten Augenblick in den Sturzflug übergehen, mal sinkt es tiefer, als habe es eine Beute entdeckt – und setzt seinen Flug doch die ganze Zeit fort. Selbst an den nach Westen blickenden Fenstern von Fo'castle ist es schon so nah vorbeigeflogen, dass ich es mit einem Stock hätte berühren können. Offenbar sucht es nach Küstenmäusen, obschon ich in den Dünen noch keine Spuren dieses Wühlers gesehen habe. Bei schönem Wetter kommt die Hudsonweihe stets zwischen zehn und elf Uhr vormittags, und mitunter sehe ich sie am späten Nachmittag erneut die Dünen absuchen. Die Hudsonweihe ist ein Zugvogel, doch einige Exemplare verbringen den Winter im Süden Neuenglands, und ich nehme an, dass dieses Weibchen in den Wäldern von Nauset überwintert hat.

Kurz bevor die Straße Eastham erreicht, bleiben die Kiefern im Osten zurück, und südlich der Straße weitet sich das Gelände zu einer grandiosen baumlosen Heidelandschaft, die bis an die große Lagune heranreicht. Aus den Senken ragen die Kronen von Obstbäumen hervor, und ein paar Häuser stehen in der Heide wie gestrandete Schiffe. Das Dorf Eastham wiederum ist alles andere als baumlos, weil in vielen Gärten und entlang der Straße Schatten spendende Bäume stehen.

Alle Bäume am äußeren Kap sind von Interesse, denn es sind ganz besondere Exemplare – Exemplare, in deren Geäst das Grollen der Brandung nachhallt –, doch eine Art interessiert mich ganz besonders. Geht man die Hauptstraße nach Süden, trifft man auf einige einzeln stehende Schwarzpappeln, *Populus deltoides*. Hier im Nordosten ist diese Baumart eher selten, und diese Exemplare sind tatsächlich die einzigen, die ich in Massachusetts je gesehen habe. Sie wurden, so ist im Dorf zu hören, vor langer Zeit von Cape Coddern gepflanzt, die nach Kansas ausgewandert und aus Heimweh nach dem Meer zurückgekehrt sind. Die Bäume stehen direkt am Straßenrand, ein paar besonders schöne Exemplare an der Kurve unweit des Hauses von Mr. Austin Cole. In diesem Teil von Cape Cod tüncht ein Pilz die Stämme von sommergrünen Bäumen in einem eigentümlichen Senfgelb, und als ich gestern des Weges kam, stellte ich fest, dass die besagten Bäume besonders stark mit diesem pittoresken Überzug versehen waren. Dem Wachstum scheint er jedoch nicht zu schaden.

An dem Gedenkstein für die im Weltkrieg gefallenen Bürger Easthams bog ich nach Süden in die Hauptstraße ein und erreichte das Rathaus und die höchste Stelle des westlichen Heidelandes. Dort verließ ich die Straße und ging in östlicher Richtung in die Heide, um die unvergleichliche Aussicht auf die Marsch von Eastham und die Dünen genießen zu können. Von der seeseitigen Anhöhe am Rande der Heide aus betrachtet, bildet die Marsch die grüne Sohle eines hügeligen, dunkelgelb gefärbten, baumlosen Landes, das sie umschließt. Direkt zu meinen Füßen beginnend, ziehen sich die großen flachen Inseln und die gewundenen Wasserläufe bis zum gelben Bollwerk der Dünen, und in der Ferne wird der Blick durch Senken und Einschnitte gelenkt, hinter denen die Weite des aprilblauen Nordatlantiks erkennbar wird. Es wirkt, als liege das Meer höher als die Marsch, sodass die Schiffe, die hinter den Dünen fahren, am Himmel zu hängen scheinen. Die Silhouette der Dünen ist blassgrün gefärbt, und an den entlegenen Rändern der leeren Heidelandschaft heben sich frühlingsgrüne Flecken vom verwitterten Gelbbraun des Erdbodens ab. Zu hören war der Ozean gestern nicht.

Der Blick auf diese weitläufige und urwüchsige Landschaft war so schön, dass ich auf dem höchsten Punkt der Böschung, die die Marsch säumt, eine Pause einlegte. Es war Flut, das Wasser strömte in die Gräben und Kanäle und scheuchte jene Möwen, die in der Region geblieben waren, von ihren Ruheplätzen auf. Einen Moment lang wirkte es, als sei alles gefiederte Leben aus dem großen Kessel vertrieben.

Während des Winters hat ein Vogel die Heidelandschaft okkupiert, und dieser Vogel ist der Star, der die kalte Jahreszeit augenscheinlich auf diesen Anhöhen verbracht hat. Einmal habe ich mich bei Nordoststurm über das offene Land gewagt, um den Tanz zu erleben, den dieser Vogel im Schnee aufführt. Kaum hatte sich eine Gruppe niedergelassen, flog eine andere auf. Sie waren hier und da, nah und fern. Die Stare von Eastham scheinen mir von besonderem Interesse, weil sie die ersten auf amerikanischem Boden sind, an denen ich die Verhaltensweisen ihrer europäischen Vorfahren wiedererkenne. Dort leben sie in riesigen Schwärmen – in England gibt es Flussniederungen, wo sich Stare zu Tausenden und Abertausenden versammeln –, und hat sich eine solche Armada in einer Region erst einmal niedergelassen, nimmt sie sie vollständig und dauerhaft in Besitz.

Sind die Stare von Eastham Vorboten einer solchen Hordenbildung? Werden sich die eigenständigen Flüge, die derzeit in der Heide leben, irgendwann zusammentun und ein schlagkräftiges Bündnis bilden, das seine Umgebung tyrannisiert? Im Winter bestehen die Gruppen aus jeweils fünfzig bis fünfundsiebzig Tieren, aber wenn man Einzelgänger und versprengte Mitglieder hinzurechnet, bringen sie es leicht auf einhundert Tiere. Ein Zusammenschluss dieser Gruppen ist nicht unwahrscheinlich; dem steht der Umstand entgegen, dass die Vorräte, die die Region bereithält, schon kaum reichen, um die bereits anwesenden Vögel zu ernähren. Hoffen wir, dass Letzteres den Ausschlag geben wird, denn der Einfall einer solchen Horde würde das natürliche Gleichgewicht der Region zerstören, weil sie im Herbst noch den letzten Samen und noch die letzte Beere fressen würde und nichts übrig ließe, was die heimischen Vögel nach ihrer Rückkehr im Frühling fressen könnten.

Mit dem Beginn des Frühlings verlassen die Vögel die Heide, paaren sich und nehmen Quartier in den Scheunen des Dorfes und den Kaminen verschlossener Sommerhäuser.

Als die Stunde des Hochwassers nahte, kehrte ich der Heidelandschaft den Rücken und ging Richtung Westen, um so viel wie irgend möglich von der eigentümlichsten aller Wanderungen mitzubekommen, die in dieser Region stattfinden.

III

Vor etwa fünf Jahren befand ich mich in einer Nacht Anfang April an Bord eines amerikanischen Schiffes, das von den im Süden gelegenen Manövergebieten kam und unterwegs nach New York war. Das Land war noch außer Sichtweite, die Nacht frühlingshaft warm und windstill, der leicht diesige Himmel übersät mit Sternen. Ich erinnere mich, dass wir die Lichter einiger Schiffe sehen konnten, die Kurs auf Philadelphia nahmen. Als die achteraus verschwunden waren, gehörte das Meer uns allein, ein großer, einsamer, stiller, von Sternen beschienener Ozean. Kurz nach ein Uhr sah ich voraus auf dem Wasser ein Feld, auf dem blasses Licht schimmerte, ein Feld, so formlos wie der Schattenwurf einer Wolke und mit einer eigentümlich brodelnden, rosigen Oberfläche versehen. Wir waren im Begriff, einen Fischschwarm zu überholen, der mit dem einsetzenden Frühling entlang der Küste nach Norden zog. Wenn die Sonne den Saum ihres Kleides über das Meer streichen lässt, erwacht in der Tiefe das Leben, und ihre geheimnisvollen Bewohner wandern mit dem Licht gen Norden. Ich weiß nicht, um welchen Fisch es sich handelte, dem wir in jener Nacht begegneten, denn zwischen Cape Hatteras und Cape Cod sind unterschiedlichste Arten mit großen Beständen heimisch. Möglicherweise waren es Heringe. Als sich unser Schiff der lebenden Untiefe näherte, bewegte sie sich, als sei sie ein einziger Körper, der plötzlich von einem Zittern erfasst wurde und Richtung Osten abdrehte, immer mehr verschwamm und schließlich in der Nacht verschwand.

Jeden Frühling trifft eine solche Fischwanderung auf die Küste im südlichen Neuengland, und sie bewegt sich so geheimnisvoll durchs Wasser wie die Kraft, die die Wellen hervorbringt. John Winthrop Jr. beschrieb noch zu Kolonialzeiten »die Ankunft des Maifisches in unseren Flüssen. Wo der Boden wenig fruchtbar oder abgetragen ist, legten die Indianer zwei oder drei dieser Fische unter beziehungsweise direkt neben die Getreidesaat. Die Engländer hatten bald herausgefunden, wo diese Fische in großer Zahl vorkommen, und sich dieses Wissen zunutze gemacht.« Der Maifisch, auch bekannt unter dem Namen Großaugenhering, *Pomolobus pseudoharengus*, gilt zwar als Hering, ist aber keiner, sondern dem echten Hering nur verwandt. Unterscheidbar ist er durch den gedrungeneren Körper und die Zacken an seiner Unterseite, die kräftiger und vor allem spitzer sind als beim Hering. Im April verlässt er das Meer und wandert die Flüsse und Bäche hinauf, um in Bassins mit frischem Süßwasser zu laichen.

In Weymouth, Massachusetts, gibt es einen berühmten

Bach, den ich nach Möglichkeit jedes Jahr besuche, zuletzt an einem warmen Tag im April. Dieser »Heringsbach« – der kaum mehr als zehn oder zwölf Fuß breit und einen Fuß tief ist – war eisfrei, das klare, bräunliche Wasser kräuselte sich nahezu geräuschlos im Morgenlicht. Die Fische waren bereits angekommen und schwammen gegen die Strömung, so dicht beieinander wie ein Bataillon, das eine enge Straße entlangmarschiert. Eine Hierarchie war nicht erkennbar, nur ein Gewimmel, das vorandrängte. Es waren derart viele Fische, die zudem nicht von ihrer Route wichen, dass ich mich nur ans Ufer stellen musste und ohne jede Mühe zwei oder drei Tiere mit der bloßen Hand fangen konnte. Im bräunlichen Wasser schimmerten die Rücken in einem grauen Lavendelton, und die Flossen stießen durch die Wasseroberfläche. Der ganze Bach roch nach Fisch. Hier und da waren tote Tiere zu sehen, die in Ufernähe auf dem Grund lagen oder in der Strömung an einem Stein festhingen; tote Fische, die auf der Seite schwammen, mit glasigen, schleimbedeckten Augen, in den Flanken Wunden, die von den Steinen stammten – rote Farbtupfer aus Blut zwischen braunen und goldenen Schuppen. Mitunter schien es, als sei der Vormarsch zum Stillstand gekommen, doch dieser Eindruck erwies sich beim Blick auf einzelne Tiere als Irrtum. Es müssen Hunderttausende gewesen sein.

Die Maifische von Weymouth kommen aus dem Meer – woher genau, weiß allein der Himmel. Sie wandern den Bach von Weymouth hinauf, bis ein Damm sie aufhält, werden mit Netzen herausgefischt, in Fässer verladen und per Lastwagen zu Whitman's Pond gebracht. In diesem See angekommen, folgen sie der Strömung, bis sie sich schließlich an Sinn und Zweck der Wanderung erinnern: Jedes Weibchen legt zwischen 60 000 und 100 000 Eier ab, die auf den Grund sinken, über den Schlick driften und schließlich dort liegen bleiben, wohin der Zufall sie verschlägt. Die laichenden Weibchen und die Männchen springen über den Damm und kehren ins Meer zurück, die Brut, die im See geboren wurde, folgt zehn bis zwölf Monate später, bis mit dem nächsten Frühling das Mysterium erneut beginnt. Jeder in Weymouth geborene Fisch, der irgendwo dort draußen im Ozean schwimmt, trägt die Erinnerung an Whitman's Pond in sich und kehrt über endlose Meilen dorthin zurück. Was geht in den Köpfen dieser Tiere vor? Was treibt sie an, kaum dass die Sonne wieder hoch genug über dem Ozean steht, um ihn zu erwärmen? Wie finden sie ihren Weg? Vögel haben die Landschaft, Flussläufe und die Küste, um sich zu orientieren – aber was haben Fische? Und doch sind sie pünktlich in Weymouth, um sich gegen die Strömung zu ihrem angestammten Laichgrund im See voranzukämpfen.

Manche Fische erinnern sich an Whitman's Pond, andere an die Tümpel des Kaps. Auch in Eastham gibt es »Heringsteiche« und »Heringsbäche«.

Die Straße zur Bucht von Cape Cod zweigt am Rathaus ab und führt an einer alten, stillgelegten Windmühle vorbei, deren Mahlwerk noch immer an Ort und Stelle ist. Vor langer Zeit habe ich sie einmal besichtigt, um mir die staubigen Schütten anzusehen, die leeren Behälter und die Mühlsteine in ihren Bütten aus altem, mürbem Holz. Um die Mühle herum stehen Robinien, und auf den Flügeln, die sich seit Jahren nicht mehr gedreht haben, hocken Singammern. Ein Männchen hörte ich, als ich über den staubigen Boden ging, sein Balzruf drang durch eine zerbrochene Fensterscheibe ins Innere. Jenseits der Mühle passiert die Straße einzelne Häuser, quert die Gleise der Eisenbahn, windet sich zwischen den Teichen von Eastham hindurch und stößt eine Meile vor der Küste auf eine große, mit Pechkiefern bestandene Sandfläche, die sich bis zur Bucht von Cape Cod hinzieht.

Auf den letzten Metern führt die Straße bergab, weil das Ufer der Bucht tiefer liegt als der Küstenstreifen. Nördlich der Straße sind beide nur durch eine Böschung getrennt. Ich war das Tosen des Ozeans, den Geschmack von Salz und Wind in den Haaren gewohnt und fühlte mich in der Stille der Bucht fremd. Keine Brandung, kaum ein Kräuseln des Wassers, dafür Unmengen an Tang, der, von den Wellen zu Schlangenlinien geformt, schwer auf dem Strand liegt; vierzig Meilen voraus war das Hochland zwischen Plymouth und Sagamore erkennbar, das Blau der Erde schimmerte über dem blauen Wasser, aus dem einzelne Erhebungen wie Inseln ragten. Eine Meile vor dem Strand suchten ein paar Enten nach Futter, und während ich ihnen zusah, flatterte aus der Marsch zu meiner Rechten ein einzelner Erpel auf und flog seinen Artgenossen hinterher.

Die friedliche Stille über der Bucht, die leichte Brise aus Ost, das schossende Wintergetreide, die strahlende, wärmende Sonne, der einsame Vogel – in allem lag der Geist des Neuanfanges, der Wiederkehr des Lebens im Rhythmus der Sonne, der unverzichtbaren, strahlenden Sonne.

Ich ging über den Strand zur Mündung des »Heringsbaches«, der kaum mehr als ein Rinnsal ist, das durch Wiesen und Sandflächen zum Meer fließt. An der Küste angekommen, ergießt sich das klare Wasser über den Strand und rinnt in die Bucht. Wenn sich das Meer bei Ebbe zurückzieht, verleibt es sich das Bächlein ein und zieht es mit sich; die Flut klettert den Strand hinauf und überspült ein Becken, das sich an der Mündung hinter einem Damm aus Seegras gebildet hat. Gestern hatte das Wasser kaum diese Barriere erreicht und eine Stunde vor meiner Ankunft bereits mit dem Rückzug begonnen. Zwischen dem Damm und der Hochwassermarke dieses Tages lag ein zwanzig Fuß breites Stück Strand, das die Spuren von flachen Rinnsalen trug, die durch den Damm sickerten. Ich sah in das Becken. Die »Heringe« hatten bereits den Weg in den Bach gefunden, denn an der Sohle des Damms aus Seegras lag ein totes Exemplar, ein golden schimmernder Fisch, der von feinem Schlamm bedeckt war.

Als ich mich zufällig zur Bucht umblickte, sah ich vor der Mündung des Baches, kaum fünfzehn Fuß von jener Stelle am Strand entfernt, bis zu der das unbewegte Wasser des Ozeans reichte, einen Schwarm Maifische. Es mochten fünfzig oder hundert Tiere sein. Immer wieder durchschnitten Flossen die Wasseroberfläche. Die Großaugenheringe von Eastham konnten nicht zu jenem Tümpel zurückkehren, in dem sie geboren waren, der Weg war ihnen durch einen Damm verstellt, den die Natur vor ihnen errichtet hatte. Wie ich so dastand und den ratlosen Kreaturen zuschaute, die sich mal ohne Hast im tiefen Wasser versammelten, dann wieder aufgeregt an die flachsten Stellen am Ufer drängten, begann ich über den Ehrgeiz der Natur nachzudenken, überall Leben auszusäen, den Planeten damit zu füllen, Erde, Luft und Meer damit zu bevölkern. Jeder verlassenen Ecke, jedem entlegenen Winkel und jedem vergessenen Ding will die Natur Leben einhauchen, dem Toten ebenso wie dem Lebenden. Mit überbordender, nicht nachlassender glühender Inbrunst legt sie den Keim des Lebens aus. Und alle sind ihre Geschöpfe, auch diese Wesen, denen sie einen Strich durch die Rechnung zu machen droht; welche Mühsal, welch Hunger und Kälte, welche Prüfungen und Marter werden sie erdulden müssen, um den Willen der Natur zu erfüllen? Welcher bewusste Entschluss des Menschen kann sich mit ihrem unbedingten und kollektiven Willen vergleichen, das Dasein des Einzelnen den Erfordernissen des Lebens schlechthin zu unterwerfen?

Das Wasser zog sich mit fortschreitender Ebbe zurück und legte die Untiefen vor der Küste frei, der Maifisch verschwand aus meinem Blick wie ein Lichtreflex von einem Glas. Ich hätte nicht zu sagen gewusst, wann und wie der Schwarm den Rückzug angetreten hatte.

Als ich am späten Nachmittag zurück zum äußeren Strand kam, schimmerte der Ozean in kaltem Jadegrün und war mit Schaumkronen übersät. Der Wind frischte auf, große, zerfranste Wolken zogen von Osten her auf. Und diese Nordströmung brachte neue Wärme mit.

Kapitel 8

Nacht über dem großen Strand

I

Unsere entwickelte Zivilisation hat die Verbindung zu vielen Facetten der Natur verloren und zu keiner so umfassend wie zur Nacht. Primitive Völker, die sich am Eingang einer Höhle ums Feuer versammeln, fürchten nicht die Nacht; sie fürchten eher jene Energien und Geschöpfe, denen die Dunkelheit Macht verleiht. Wir, die wir im Zeitalter der Maschinen leben und uns von den nächtlichen Feinden emanzipiert haben, empfinden Abneigung der Nacht selbst gegenüber. Mit immer mehr Licht drängen wir die Heiligkeit und Schönheit der Nacht zurück in die Wälder und aufs Meer; selbst aus den kleinen Dörfern, den Gassen und Seitenstraßen ist sie vertrieben. Hat der moderne Mensch vielleicht Angst vor der Nacht? Fürchtet er die allumfassende Stille, das Mysterium des unendlichen Raumes, die herbe Schmucklosigkeit der Sterne? Er hat sich in einer Zivilisation eingerichtet, in der sich alles um Leistung dreht, die sich allein über die Arbeit definiert – fürchtet er bei Nacht um die stillschweigende Duldung, in der er es sich bequem gemacht, um die Überzeugungen, die er sich zurechtgelegt hat? Wie auch immer die Antwort lautet, die heutige Zivilisation ist voller Menschen, die vom Wesen und von der Poesie der Nacht nicht die leiseste Ahnung haben, ja, die sie noch nie erlebt haben. So zu leben, nur künstliche Dunkelheit zu kennen, ist so aberwitzig und verwerflich, wie nur künstlichen Tag zu kennen.

Hier am großen Strand ist die Nacht von ausgesuchter Schönheit, die würdige zweite Hälfte des großen Rades, als das ein Tag verläuft. Kein Licht, das nicht seine Notwendigkeit hätte, bedroht oder bedrängt sie. In ihr liegt Schönheit, Erfüllung, Ruhe. Am Himmel schweben zarte Wolken als Inseln der Dunkelheit inmitten der Pracht des Firmamentes und der Sterne, die Milchstraße schlägt eine Brücke zwischen Erde und Ozean, der Strand löst sich zu einer formlosen Einheit auf, die sommerlichen Strandscen, die Böschungen und das Hochland verschmelzen miteinander, im Westen ragen vor dem Himmel, wo die Sonne ihren Bogenschlag beendet, still und stattlich die Wellenkämme der Dünen auf.

Die Nächte hier sind am dunkelsten, wenn unter einer schwarzen, geschlossenen Wolkendecke dichter Nebel vom Meer hereinströmt. Solche Nächte sind selten, aber am ehesten möglich, wenn sich im Frühsommer vor der Küste Nebel bildet. Letzten Mittwoch war die dunkelste Nacht, die ich je erlebt habe. Zwischen zehn Uhr abends und zwei Uhr morgens sind drei Boote gestrandet: ein kleines Fischerboot, ein Viermastschoner und ein Schleppnetzfischer. Das Fischerboot und der Schoner konnten freigeschleppt werden, der Trawler aber, so war zu hören, liegt noch auf dem Strand.

In jener Nacht verließ ich um kurz nach zehn das Haus. Es war stockdunkel, es regnete, die Luft war feucht und vom Leuchtfeuer in Nauset nichts zu sehen; das Meer war nur zu hören, und als ich die Brandung erreichte, waren die Dünen hinter mir verschwunden. Inmitten der undurchdringlichen Schwärze aus Nacht und Regen kam ich mir so einsam vor wie im Weltraum. Die See war aufgewühlt und lärmte, und als ich mit dem Lichtkegel meiner Taschenlampe die Dunkelheit durchschnitt, sah ich, dass die Brandung grüne Bündel aus Seegras anspülte, das in dem reglosen und künstlichen Schein kalt und nass glänzte. Weit draußen bahnte sich ein Schiff ächzend seinen Weg an den Untiefen entlang. Der Nebel war dicht und feucht, und wenn er an meiner Taschenlampe vorbeizog, legte er sich wie flüchtige und flüssige Seide auf das Glas. Effin Chalke, der neue Mitarbeiter der Küstenwache, kam auf seinem Weg nach Norden vorbei und berichtete, was er von den Kollegen über den vor Cahoon gestrandeten Schoner erfahren hatte.

Es war noch immer stockfinster, zumindest für meine Begriffe, denn vollständige Dunkelheit ist wohl außerordentlich selten und kommt in der freien Natur vielleicht gar nicht vor. Ihr am nächsten kommen dürfte die Nacht in einem Waldgebiet, das unter Wolken begraben liegt. Und so dunkel die Nacht hier am Meer auch sein mag, lag auf der Oberfläche der Erde noch immer ein Hauch von Licht. Als ich am Rande der Brandung auf dem zum Meer hin abfallenden Strand stand, konnte ich beobachten, wie die Wogen unaufhörlich anrollten, sich zischend in weißen Schaum auflösten und wieder zurückzogen. Von den Männern aus Nauset weiß ich, dass sie sich in solchen Nächten bei ihren Patrouillengängen an diesem weißen Saum orientieren und sich im Übrigen darauf verlassen, dass die Erfahrung und ein sechster Sinn sie sicher leiten werden.

Wenn nachts die Sterne leuchten, kommen die Tiere an den Strand. Im Norden, jenseits der Dünen, verlassen Bisamratten das Kliff, um in angeschwemmtem Holz und Tang herumzustöbern. Sie hinterlassen verworrene Spuren und malen Achten in den Sand, die vom heraufziehenden Tag wieder ausgelöscht werden. Die kleineren Tiere – Mäuse, mitunter sandfarbene Kröten, buddelnde Maulwürfe – bleiben auf dem oberen Strand und hinterlassen ihre winzigen Fußabdrücke unterhalb der Steilwand. Im Herbst durchkämmen Stinktiere am frühen Abend den Strand, um ihre Speisekammer aufzufüllen. Das Stinktier ist ein Genießer, dem Völlerei abhold ist. Als ich eines Nachts Richtung Norden dem von Nauset kommenden Wachmann entgegenging, bin ich um ein Haar auf ein besonders großes Exemplar getreten. Es huschte unvermittelt, und das Tier, meinem Fußtritt knapp entkommen, lief den Strand hinauf; es hatte sich mit Sicherheit erschreckt, und doch wirkte es gefasst und zeigte keinerlei Anzeichen von Panik. Rotwild sieht man häufig, vor allem nördlich des Leuchtturms. Im Sommer stoße ich in den Dünen auf seine Spuren.

Vor Jahren habe ich am Strand nördlich von Nauset gezeltet und noch vor Sonnenaufgang einen Spaziergang über das Kliff unternommen. Obwohl der Weg meist dicht an der Abbruchkante entlangführte, geriet der Strand immer wieder aus dem Blick, und von meiner erhöhten Warte aus schaute ich direkt in den einsetzenden Sonnenaufgang. Plötzlich beschrieb der Weg eine Biegung und führte auf den Steilhang zu, und im rötlichen Licht der Dämmerung sah ich unter mir drei Hirsche, die miteinander spielten. Sie tollten herum, stiegen auf die Hinterbeine, preschten davon, kehrten zurück und schienen sich trefflich zu amüsieren. Unmittelbar vor Sonnenaufgang trabten sie nach Norden; sie hielten auf einen Spalt im Kliff und den Pfad zu, der die Anhöhe hinaufführte.

Gelegentlich besuchen auch Tiere des Meeres bei Nacht den Strand. Manch ein Patrouillengänger wurde schon von einem Seehund aufgeschreckt, wenn er den menschenleeren Strand entlangtrottete. Einmal stolperte ein Mann und landete auf dem Rücken eines solchen Tieres, das sich unter der Last herauswand und zurück ins Wasser robbte. Dabei machte es ein Geräusch, das der Mann als »Mischung aus Heulen und Bellen« beschrieb. Ich hatte selbst mal einen solchen Schreckmoment. Die Sonne war schon untergegangen und ich im ersterbenden Licht des Tages auf dem Heimweg. Ich ging auf dem obersten Teil des Strandes und hielt mich nahe der Böschung, während auf der anderen Seite die einsetzende Ebbe das Wasser abzog. Auf halbem Wege nach Fo'castle wand sich in der Dunkelheit unvermittelt ein großes Etwas unter meinen bloßen Füßen. Ich war auf einen Rochen getreten, den die Brandung an Land gespült hatte, und mein Gewicht hatte schlagartig seine Lebensgeister geweckt.

Blickt man nach Norden, wird das Leuchtfeuer von Nauset Teil der nächtlichen Dünenlandschaft. Wenn ich mich darauf zubewege, sehe ich das Licht mal als Stern, der im Dreierrhythmus zu- und wieder abnimmt, mal als anmutiges blasses Flimmern hinter den runden Kuppen der Dünen. Veränderungen in der Atmosphäre bewirken Veränderungen der Farbe des Lichtstrahls; mal ist er weißlich, mal flammend golden und dann wieder rotgolden. Auch seine Form wechselt, wird vom Stern zu einem grellen Strahl, vom grellen Strahl zu einem Lichtkegel, der eine Kreislinie aus Nebel an den Himmel zeichnet. Westlich von Nauset taucht das apokalyptische Flackern des großen Leuchtturms auf dem Hochland auf, das sich auf den Wolken und selbst auf den Wasserpartikeln in der sternenklaren Luft widerspiegelt. Wenn ich dieses Licht sehe, denke ich an die schönen Stunden zurück, die ich in dem Leuchtturm verbracht habe, als George und Mary Smith noch dort lebten und ich das Glück hatte, sie besuchen zu dürfen. Statt friedlich zu schlafen, lag ich in meinem Zimmer unterm Dach lange wach und verfolgte durch das Fenster die großen Speichen aus Licht, die sich so würdevoll drehten wie ein Teil des Universums.

Die ganze Nacht über ziehen Lichter von Schiffen an der Küste vorbei, grüne Lichter, die nach Süden fahren, rote, die gen Norden wandern. Zwei bis drei Meilen vor der Küste liegen Fischerboote und Trawler und führen eine helle Ankerlaterne im Mast. Ich sehe, wie sie bei Sonnenuntergang dort ankern, aber nicht, wie sie wieder losfahren, denn im Morgengrauen sind sie meist schon wieder verschwunden. Bei ihrer nächtlichen Arbeit beleuchten die Fischer das Deck mit flackernden Ölfackeln. Vom Ufer aus könnte man meinen, die Schiffe stünden in Flammen. Ich habe mir das Bild durch ein Nachtglas angeschaut und konnte keinen Rauch entdecken, nur das flackernde Licht und dessen rötlichen Widerschein in den Segeln, der Takelage und auf einem schmalen Streifen neben dem Schiff. Ansonsten waren da nur die Nacht und das Meer.

In einer Julinacht kam ich gegen drei Uhr von einem Ausflug in den Norden zurück, als sich die Nacht urplötzlich, in einem gespenstischen Moment, in gleißenden Tag verwandelte. Ich blieb stehen und sah verwundert auf. Über mir, ein wenig nach Westen versetzt, verzehrte sich ein gewaltiger Meteor, der größte, den ich je gesehen habe, in einem letzten strahlenden Glanz. Aus dem Nichts der Nacht tauchten Strand, Dünen und Ozean auf, schattenlos, reglos, eine Landschaft, aus der jede Zuckung, jede Schwingung getilgt und die zum Stillstand gekommen war – eine Landschaft im Traum.

Bei Nacht hat der Strand einen ganz eigenen Ton, einen Klang, der mit der dort herrschenden Stimmung – bestimmt vom feinen, trockenen Zischeln des Sandes, der sich endlos fortbewegt, von dem getragenen, rhythmischen Auflaufen der Wellen, den ungezählten Sternen, die wie Lampen vom Himmel herabzuhängen scheinen – harmoniert und sich im Pfeifen eines Vogels wiederfindet. Wenn ich im Frühsommer am Strand entlanggehe, vertreibt meine Anwesenheit ihn aus dem Nest, beunruhigt und ohne sich zu zeigen, fliegt er davon und lässt seinen melancholischen Ruf erklingen. Bei dem Vogel, von dem hier die Rede ist, handelt es sich um den Gelbfuß-Regenpfeifer, *Charadrius melodus*, gelegentlich auch Flötenregenpfeifer genannt. Der Ton, den er von sich gibt, ist eine gepfiffene Lautfolge und nach meinem Empfinden der lieblichste aller Vögel des Nordatlantiks.

Nun, da der Sommer hier Einzug gehalten hat, bereite ich mir mein Abendessen wieder häufiger am Strand zu. Jenseits der knackenden, vom Salz des Treibholzes gelb gefärbten Flammen, die sich an der Pyramide aus Fassdauben, gesplitterten Brettern und alten Stöcken emporranken, dröhnt und donnert unsichtbar der Ozean, dumpf klingen die Wellen, wenn sie sich brechen. Auf die Flanke des Sandwalls in meinem Rücken mit seiner Krone aus Strandhafer, den knochigen Wurzeln, den Abtragungen und Auswaschungen legt der Feuerschein einen goldenen Überzug. Der Wind weht darüber hinweg, ein Flug Wasserläufer zieht zwischen Meer und Feuer seines Weges. Der Himmel ist voller Sterne, und im Süden prangt das gekrümmte Sternbild des Skorpions, der in einer seiner Scheren den leuchtenden Saturn mit seinen Ringen hält.

Wir müssen die Nacht zu schätzen lernen und die Angst vor ihr ablegen, weil mit ihrer Verbannung aus der Erfahrung des Menschen auch die Fähigkeit zur Ergriffenheit, die Empfänglichkeit für Poesie verloren geht, die dem Abenteuer des Menschseins erst Tiefe verleiht. Am Tag ist der Weltenraum eins mit der Erde und dem Menschen – es ist seine Sonne, die scheint, es sind seine Wolken, die vorbeiziehen; bei Nacht aber gehört der Weltenraum nicht länger ihm. Wenn die Erde den Tag beendet und die Weiten des Himmels und des Universums heraufziehen lässt, öffnet sich dem menschlichen Geist eine neue Tür, und nur wenige sind so närrisch, dass der Anblick ihnen nicht eine leise Ahnung vom Mysterium des Daseins vermittelte. Einen Moment lang können wir einen Blick auf uns selbst werfen – Wallfahrer zum Tode, die durch die Endlosigkeit von Raum und Zeit von Horizont zu Horizont wandern. So flüchtig der Moment auch sein mag, ist er doch dazu angetan, den Geist des Menschen durch die Erfahrung der Erhabenheit zu adeln und sein Fühlen und Denken mit dem Bann der Poesie zu belegen.

II

Im Sommer, vor allem, wenn Flut und Vollmond zusammenfallen, kann man gelegentlich erleben, wie die Brandung vor dem Strand von einer nichtssagenden, vom Mond beschienenen Wasserwalze zu einer von Panik erfüllten Masse mutiert. Von großen Fischen vor sich hergetrieben, geraten Schwärme kleinerer Fische in die aufgewühlte Brandungszone, die Jäger folgen ihnen, die Brandung ergreift die einen wie die anderen und wirft die malträtierten Wesen auf den Strand.

Unter einem gelassen dahinziehenden Mond scheint das

Meer in unmittelbarer Küstennähe vor urwüchsiger Wildheit und Unmittelbarkeit des Lebens zu vibrieren, und doch spielt sich dieser Kampf gänzlich lautlos ab. Nur das Geräusch sich brechender Wellen ist zu hören. Von einer solchen Nacht will ich hier berichten.

Ich hatte den Nachmittag mit Freunden im Landesinneren verbracht, die mich kurz nach neun Uhr abends mit dem Auto zur Station der Küstenwache in Nauset gebracht hatten. Es war zwei Tage vor Vollmond, und der nahezu runde Erdtrabant schien auf die Heide, die Kanäle und die flachen, grünlich schimmernden Inselchen der Lagune. Der Wind wehte schwach aus Süd. Von ihrem inneren Rhythmus angetrieben, rollte die Brandung auf die Küste zu, eine imposante und dichte Abfolge hoher Wellen, deren jeweils vorderste sich brach, in einer Wolke aus mit Sand getränkter Gischt zerstob und feine Zungen aus siedendem Schaum vor sich hertrieb, der vom unersättlichen Strand aufgesogen wurde und verschwand. Als ich auf die Brandung zuging, um von ihr begleitet den Weg nach Süden anzutreten, stellte ich fest, dass der äußerste Rand des Strandes, so weit das Auge reichte, im Mondlicht eigenartig funkelte, weil Myriaden kleiner Fische dort konvulsivische Tänze aufführten. Die Brandungszone war voll dieser Kreaturen, die im flachen Wasser ums Überleben kämpften. Und dieser Kampf fand über viele Meilen entlang der Küste gleichzeitig statt.

Waren es Heringe oder Makrelen? Oder gar Sandaale? Ich griff eines der tanzenden Wesen heraus und betrachtete es im Mondlicht. Ich erkannte einen Sandaal, *Ammodytes americanus*, auch Sandtaucher genannt, der in den Gewässern zwischen Cape Hatteras und Labrador heimisch ist. Der Sandaal gehört nicht zur Familie der Aale, auch wenn er in seiner äußeren

Erscheinung stark an ihn erinnert, weil sein Körper aalartig schlank und rund ist. Doch dieser »Aal« endet nicht stumpf, sondern in einer langen, gegabelten Schwanzflosse. Die Fische in der Brandung waren zwei bis drei Inch lang.

In jener Nacht ging ich barfuß durch die Brandung heimwärts, beobachtete den konvulsivischen, funkelnden Tanz und spürte dann und wann, wie ein Fisch über meine Zehen glitt. Dann geschah etwas, was es mir ratsam erscheinen ließ, das tiefe Wasser zu meiden und mich am obersten Rand der Brandungszone zu halten. Etwa zehn Fuß voraus wurde mit den schäumenden Ausläufern einer Welle ein Katzenhai an den Strand gespült, der sich widerstandslos mitreißen ließ. Als sich das Wasser zurückzuziehen begann, rollte er zweimal um die eigene Achse wieder Richtung Meer zurück; dann krümmte er sich stark und wurde schließlich von der nächsten, etwas kleineren Welle wieder den Strand hinaufgetragen. Der Katzenhai war noch jung, circa drei Fuß lang, und im zunehmenden Licht – der Mond bewegte sich die Längsachse der Wellen entlang nach Westen – schimmerte er dunkelviolett, sein massiger Körper stach aus den deutlich kleineren Fischen, die um ihn herumtanzten, heraus.

Ich nahm den Vorfall zum Anlass, den Bereich vor dem Strand, in dem die Wellen zusammenliefen, genauer zu betrachten. Hier waren die größeren Fische, die hungrigen Mäuler, die die »Aale« an den Strand getrieben hatten, über den Rand ihrer Welt hinaus in unsere. Die Brandung selbst war voller Katzenhaie, es wimmelte nur so von ihnen, ihrem ungestümen Andrängen, den kalten Bäuchen, den Windungen und Wendungen, die die gefräßigen Tiere auf ihren Raubzügen vollführen. Und doch war am Wasser kaum eine Spur von ihnen zu sehen – dann und wann durchschnitt eine Flosse die

Oberfläche, und einmal bot sich der seltsame und eindrückliche Anblick eines Fisches, der, wie eine Fliege im Bernstein, in die leuchtende Walze einer sich überschlagenden Welle eingeschlossen war.

Da sich die Katzenhaie zu weit unter Land gewagt hatten, gerieten sie in die Klauen der Brandung und wurden an den Strand geworfen. Auf der nächsten halben Meile meines Heimweges legte nahezu jeder Brecher ein malträtiertes, hilfloses Tier am Strand ab, wo es kraftlos mit der Schwanzflosse ruderte. Manches bugsierte ich mit dem Fuß zurück ins Wasser, auch wenn ich dabei vielleicht einen Zeh riskierte, andere packte ich am Schwanz und warf sie ins Meer. So oder so wollte ich verhindern, dass sie am Strand ihr Leben ließen. Trotzdem zählte ich am nächsten Morgen auf dem eindreiviertel Meilen langen Abschnitt zwischen Fo'castle und der Station der Küstenwache einundsiebzig tote Katzenhaie, dazu ein bis zwei Dutzend Rochen – ebenfalls eine Haiart –, die in derselben Nacht gestrandet waren. Rochen verirren sich oft in Ufernähe und werden entsprechend häufig an Land gespült.

In jener Nacht saß ich noch lange in meinem Haus und las, legte das Buch jedoch immer wieder beiseite und ging zurück zum Strand.

Um kurz nach elf Uhr klopfte Bill Eldredge an die Tür; er lächelte verschmitzt und verbarg eine Hand hinter dem Rücken. »Hast du für morgen ein Mittagessen bestellt?«, fragte er. »Nein«, erwiderte ich, woraufhin er einen großen Kabeljau hinter dem Rücken hervorzog. »Ich habe ihn direkt vor deiner Haustür gefunden. Er ist noch quicklebendig. Wie viele größere Fische machen auch Schellfisch und Kabeljau Jagd auf Sandaale. Zu dieser Jahreszeit findet man sie ziemlich oft am Strand. Kannst du ihn irgendwo aufbewahren? Gib mir ein

Stück Schnur, dann hänge ich ihn draußen an deine Wäscheleine. Dort hält er sich.« Mit großer Geschicklichkeit und zwei Fingern fädelte er die Schnur durch die Kiemen, wobei der Fisch vernehmlich zappelte. Er lebte tatsächlich noch – und würde eine gute Suppe abgeben. Bill ging vor die Tür, ich hörte ihn an der Wäscheleine hantieren. Anschließend unterhielten wir uns, bis es Zeit für ihn wurde, Uhr und Tasche umzulegen, die Mütze aufzusetzen, seinen kleinen schwarzen Hund heranzupfeifen und über die Düne zum Strand und von dort zur Station von Nauset zurückzukehren.

Im Juni gab es Nächte, in denen die Brandung und der Strand phosphoreszierten, und eine dieser Nächte werde ich wohl als die merkwürdigste und schönste in Erinnerung behalten.

Im Frühsommer verwandelte sich der mittlere Strandabschnitt in eine Sandbank, und zwischen dieser Sandbank und den Dünen haben sich flache Rinnen und Becken gebildet, die bei Hochwasser vom Ozean geflutet werden. In der Nacht, von der ich hier berichten möchte, stand der Mond im ersten Viertel am westlichen Himmel, und wie er sein fahles Licht auf die feinen Rinnsale warf, die mit der Flut über die Erhöhung liefen, war sehr schön anzuschauen. Kurz nach Sonnenuntergang begleitete ich Freunde, die mich am Nachmittag besucht hatten, nach Nauset; die Flut stieg weiter, und das Wasser strömte in die Rinnen. Ich blieb bei meinen Freunden von der Küstenwache, bis das letzte Tageslicht erloschen, der rosafarbene Ton des Sonnenuntergangs gewichen und nur mehr das kalte Mondlicht übrig war.

Dann machte ich mich auf nach Süden, und da die gefluteten Rinnen nahe der Station recht tief waren, konnte ich sie nicht queren, sondern musste mich auf dem oberen Strandabschnitt halten. Unterdessen war der Wasserstand um etwa einen halben Fuß gesunken, doch noch immer klatschten die Wellen gegen die Sandbank wie gegen eine Mauer und überzogen sie mit zischendem Schaum.

Je weiter der Mond gen Westen wanderte, desto dunkler wurde es. Auf den Spitzen der Dünen tief im Westen lag noch ein Rest Licht, ein blasseres auf dem unteren Strand und der Brandungszone; der Sandwall der Dünen war eine einzige große dunkle Fläche.

Die Ebbe hatte den Wasserstand in den Rinnen sinken lassen, deren Ränder nun feucht und dunkel dalagen. Die unbewegte Wasseroberfläche in den Becken und das Brodeln des Meeres bildeten einen eigentümlichen Kontrast. Ich hielt mich am landseitigen Rand der Rinnen, und als liefe ich durch Schnee, warfen meine Schuhe feine Krümel aus feuchtem Sand auf. Jeder dieser Krümel strahlte von innen heraus, sodass ich wie in Sternenstaub ging. Die Fußabdrücke, die ich hinterließ, glichen leuchtenden Flecken. Das fahler werdende Licht des Mondes warf ein Glimmen auf die feuchten Flanken der Rinnen, die sich bei Ebbe weiter leerten. Die Tupfen aus Licht glühten auf und erloschen wieder, als wehte ein Wind, der sie entflammte und wieder auspustete. Dann und wann rollte in einer gespenstischen Bewegung von See her ein wellenförmiges Leuchten heran – ein weiches Licht, das sich an der Sandbank brach und eine Gischt aus Feuer aufwarf.

Zu den eigentümlichsten Erscheinungen dieser phosphoreszierenden Nächte gehört es, dass das Leuchten gewissermaßen körperlich ist; manchmal sind Einzeller die Ursache, manchmal, und in dem hier beschriebenen Fall mit Sicherheit, sind es Bakterien. Hat dieses lebende Licht erst einmal den Strand erreicht, pflanzt es sich rasend schnell auf die Abertausend Sandflöhe fort, die pausenlos am Rand des Ozeans herumspringen und den Strand sauber halten. Binnen einer Stunde weisen die gräulichen Körper dieser Amphipoden *(Orchestia agilis, Talorchestia megalophthalma)* leuchtende Punkte auf, die wachsen und sich verbinden, bis schließlich die ganze Kreatur leuchtet. Dieser Befall ist regelrecht eine Krankheit, eine Infektion mit Licht. Als ich in jener Nacht, von der hier die Rede ist, an den Strand kam, hatte die Übertragung bereits begonnen, und die leuchtenden Flöhe, die vor meinen Füßen aufsprangen, waren ein ungewohnter und ungewöhnlicher Anblick. Staunend beobachtete ich, wie sie von den Rändern der Rinnen auf den oberen Strandabschnitt hüpften und blasser wurden, sobald sie den Bereich jenseits der Rinnen mit ihrer sonderbaren Schönheit erreichten, auf den friedlich das Mondlicht fiel. Ich gehe davon aus, dass die Tiere an dieser Infektion sterben, zumindest habe ich des Öfteren größere Exemplare gefunden, die tot am Rand des Strandes lagen, die porzellanartigen großen Augen und der wassergraue Körper von lohendem Feuer verzehrt. In unmittelbarer Nachbarschaft setzten Tausende Artgenossen ihr Leben und die ihnen zugewiesene Rolle ungerührt fort und stärkten sich an dem, was die letzte Flut herangetragen hatte.

III

Den ganzen Winter über habe ich die Nächte auf einer Couch im größeren der beiden Zimmer verbracht, mit der Ankunft wärmeren Wetters aber habe ich mein Schlafzimmer wieder in Schuss gebracht – in der kalten Jahreszeit hatte ich es als eine Art Abstellkammer benutzt – und bin in mein altes, schon etwas rostiges eisernes Bett zurückgekehrt. Doch einer Laune folgend, nehme ich von Zeit zu Zeit immer noch mein Bettzeug und ziehe für ein paar Nächte auf die Couch um. Ich liebe die sieben Fenster des größeren Raumes und das Gefühl, quasi im Freien zu schlafen. Meine Couch steht an der Wand mit zwei Fenstern, und vom Kopfende aus kann ich aufs Wasser schauen und die vorbeiziehenden Lichter beobachten, ich sehe die Sterne über dem Meer aufgehen, die schwankenden Laternen der ankernden Fischerboote und das Weiß der sich brechenden Brandung, deren langer Nachhall die Stille der Dünen erfüllt.

Seit meiner Ankunft hatte ich darauf gehofft, zu erleben, wie ein Gewitter über dieser urwüchsigen Küste niedergeht. Mit dem Wort Gewitter ist hier am Kap gemeint, was Shakespeare »Tempest« nannte, also Blitz und Donner, und in diesem alten und schönen elisabethanischen Sinn wird der Ausdruck in Eastham auch heute noch verwendet. Wenn ein Schüler aus Orleans oder Wellfleet das Stück von Shakespeare liest, vermittelt ihm der Titel genau das, was der Mann aus Stratford damit ausdrücken wollte; anderswo in Amerika scheint der Ausdruck hingegen alles vom Tornado bis zum Blizzard bedeuten zu können. Ich vermute, dass diese althergebrachte Bedeutung des Wortes nur noch in bestimmten Gegenden Englands und auf Cape Cod zu finden ist.

In jener Juninacht, in der ein solches Gewitter niederging, schlief ich in dem größeren Raum, und beim ersten fernen Grummeln des Donners wachte ich auf. Als ich mich hingelegt hatte, war es still gewesen, doch nun strömte ein kräftiger und stetiger Wind aus Westnordwest durch die Fenster. Als ich aufstand und sie schloss, sah ich es weit entfernt im Westen blitzen. Ich schaute auf die Uhr; es war kurz nach eins. Nun begann die Zeit des Wartens in der Dunkelheit, lange Minuten, während derer sich gelegentliches Donnergrollen mit Intervallen der Stille abwechselte, in denen ich vom Strand her ganz leise das Rauschen der Brandung hören konnte. Dann zuckte urplötzlich ein rosa-violetter Blitz am Himmel und zerriss die Dunkelheit. Alle sieben Fenster meines Hauses waren erfüllt von diesem brachialen, unmenschlichen Licht, das den einsam dastehenden Dünen einen Augenblick lang die vertrauten Schatten genommen hatte. Mit dem Abebben des Lichts einher ging ein gewaltiges Krachen, dann entfernte sich das Grollen des Donners rumpelnd und wurde schwächer, bis es in der zurückgekehrten Dunkelheit verhallte. Kurz darauf begann es sanft zu regnen, als hätte jemand vorsichtig ein Ventil geöffnet, und der wohltuende Klang des Regens auf den hölzernen Dachschindeln setzte ein, ein Klang, den ich schon als Kind geliebt habe. Das leise Trippeln wuchs sich allmählich aus zu einem Trommeln, und mit dem Starkregen kam das Rauschen des Wassers in der Traufe. Das Gewitter zog über das Kap hinweg und streckte auf seinem Weg zu den Weiten über dem Meer die Hand nach dem alten Land aus.

Vom Rauschen des Regens begleitet, folgten nun Blitz auf

Blitz und schwerer Donner, der grollend auslief, bis der letzte Nachhall von neuen, gewaltigen Detonationen verschluckt wurde, die die Wände beben ließen. In Eastham wurden in jener Nacht Häuser durch das Gewitter beschädigt. Meine abgeschiedene Welt, erfüllt von Blitzen und Regen, gab ein sonderbares Bild ab. Ich teile nicht die weitverbreitete Angst vor Blitzen, aber in jener Nacht überkam mich zum ersten und einzigen Mal in dem gesamten Jahr meines Aufenthalts das Gefühl von Einsamkeit. Ich erinnere mich, dass ich mitten im Zimmer stand und hinaussah. Die Blitze überzogen die gewundenen Wasserläufe der Marsch mit einem metallenen Glanz und stellten jede Bewegung still, und durch die vom Regen fast blinden Scheiben sah es noch befremdlicher aus als ohnehin. Unter der schieren Gewalt des Lichts wirkten die Dünen auf eigenartige Weise passiv, wie stillgestellt, als sei die Erde durch einen Zauber zu Stein geworden, und während ich sah, wie sie aus der Dunkelheit – einer Dunkelheit von ganz eigener Intensität – auftauchten und wieder in ihr verschwanden, bekam ich mehr denn je ein Gespür für den gewaltigen Zeitraum, die Abertausenden Generationen und ungezählten Jahre, die vergangen waren, seit sich diese Giganten aus dem dunklen Ozean erhoben und dem Wind und dem Sonnenlicht ausgesetzt hatten.

Auf dem Meer waren fantastische Dinge zu sehen. Der strandnahe Teil des Ozeans war ungewöhnlich ruhig, weil er vom Regen niedergedrückt wurde und zudem durch das Kap vor dem Westwind geschützt war. Die Flut hatte den Strand zur Hälfte erobert und stieg weiter, flache Wellen, die sich in Küstennähe bildeten und zu langen Linien formten, überschlugen und brachen sich über mehrere Meilen sanft am verlassenen, vom Regen durchtränkten Strand. Das prasselnde

Flackern und Zucken des Gewitters, das hinaus aufs Meer zog, illuminierte den Strand und die Weiten des Atlantiks, nur die hohlen Bäuche der Wellen lagen im Dunkeln, weil die sich überschlagenden Kämme sie verschatteten. Das Bild, das sich ergab, war dramatisch und von eigenartiger Schönheit, denn was man sah, war der helle Ozean, der von parallel verlaufenden tiefschwarzen Bändern gesäumt war, von denen jedes einzelne sich in Licht auflöste, sobald sich die Welle schäumend auf den Strand ergoss.

Sobald der Sturm vorbei war, zogen Sterne am Firmament auf, und als ich noch vor Sonnenaufgang nach kurzem Schlaf erwachte, waren Himmel und Erde vom Regen rein gewaschen, kühl und klar. Saturn und Skorpion gingen gerade unter, doch Jupiter, obschon auf seinem Thron erblasst, hielt die Stellung im Zenit. Das Wasser hatte sich aus den Kanälen der Marsch zurückgezogen, die Möwen standen ungerührt auf den Kies- und Sandbänken. Als ich das Haus verließ, scheuchte ich eine Singammer aus ihrem Nest auf. Sie flog zum Dach, setzte sich auf den Firstbalken, drehte sich ängstlich fragend um und ließ ihren einsilbigen Alarmruf erklingen. Schließlich flog sie zurück zu ihrem Nest, das sie in einem jungen Pflaumenbaum errichtet hatte, und stimmte, offensichtlich beruhigt, ein Morgenlied an.

Kapitel 9

Im Hochsommer

I

Hätte ich mehr Platz, würde ich gern ein ganzes Kapitel über den Geruchssinn schreiben, dem ich seit frühester Kindheit viele schöne Erlebnisse verdanke. Nach meinem Dafürhalten definieren wir uns viel zu sehr über das Sehen. Ich liebe bestimmte Gerüche – den eines frisch gepflügten Feldes an einem warmen Vormittag nach einer Regennacht im April, das Aroma der wilden Nelken von Cape Cod, den Duft von Flieder, auf dem am frühen Morgen noch der Tau schimmert, den deftigen Geruch von Salzgras und Ebbe an einem heißen Nachmittag im Sommer.

Welch einen Gestank die moderne Zivilisation doch einatmet! Wie konnte es so weit kommen, dass wir derart schlechte Luft inzwischen klaglos ertragen? Im 17. Jahrhundert hat sich die Luft in unseren Städten nicht von der auf dem Dorf unterschieden, heute ist sie nur noch vom »modernen Menschen« zu ertragen, der sich den Verhältnissen angepasst hat.

Die Missachtung des Geruchssinns ist ein Erbe unserer englischen Vorfahren. Im Englischen gilt die Nase bis heute als ein eher unanständiges Organ, und ich bin nicht sicher, ob der Gebrauch nicht gar als etwas Lüsternes angesehen wird. Unsere literarischen Metaphern, die Gebilde unserer Poesie sind so gemacht, dass wir sie an die Wände unseres Geistes hängen können; sie sind fürs Auge gemacht. Französische Briefe sind der Nase freundlicher gesinnt; selten liest man auch nur zehn Zeilen eines französischen Gedichtes, ohne dem omnipräsenten, dem unvermeidlichen Wort *parfum* zu begegnen. Und daran tun die Franzosen recht, denn auch wenn das Auge der Hauptsinn des Menschen und die wichtigste ästhetische Einlasspforte ist, bleibt die Schöpfung einer Stimmung oder eines poetischen Momentes ein Vorgang, an dem auch andere Sinne ihren Anteil haben können, und unter allen Appellen an die sinnliche Erinnerung ist keiner mächtiger, öffnet keiner die Tür unseres Gehirns weiter als ein Appell an die Nase. Der Geruchssinn ist ein Sinn, den jeder Liebhaber des Elementaren nutzen und an dem er sich dabei erfreuen sollte. Wir sollten all unsere Sinne wach- und lebendig halten. Hätten wir diese Regel befolgt, lebten wir heute nicht in einer Zivilisation, die sie skandalisiert, und zwar so sehr skandalisiert, dass ein Teufelskreis in Gang gebracht wurde, der unsere abgestumpften Sinne weiter abstumpfen lässt.

Ein Grund dafür, dass ich den großen Strand so liebe, ist, dass ich hier in einer Welt lebe, die von Natur aus gut riecht, die voller kräftiger, vitaler und interessanter Düfte und Gerüche ist – am ausgeprägtesten, wenn warmer Regen einen heißen Tag dämpft. Unterdessen kenne ich die Gerüche so genau, dass ich wohl selbst mit verbundenen Augen zu sagen wüsste, wo am Strand ich mich gerade aufhalte. Am Rande des Ozeans ist die Luft fast immer kühl – wenn nicht gar kalt – und mit einer feinen Feuchtigkeit getränkt, die von der Gischt der Brandung und den unaufhörlich platzenden Schaumblasen stammt, die den Strand hinaufzüngeln; die darunterliegende Schräge aus Sand atmet einen kühlen Duft aus, in dem sich Strand und Ozean mischen, und die ufernahen Wellen wälzen einen Schwall dieser wohlriechenden Luft vor sich her. Es ist ein unvergleichliches Erlebnis, nah am Wasser über den Strand zu laufen, wenn der Wind parallel zu ihm weht, um mal ein paar Grad zu den Dünen, mal ein paar Grad zum Meer hin zu drehen. In einem Radius von zwanzig Fuß schlägt einem tropisch-feuchte Luft entgegen, die mit heißem und feuchtem Sand angefüllt ist; dann tritt man scheinbar durch eine Tür und steht in einem ebenso großen Raum, in dem es Mitte September ist. Mit einem Wimpernschlag gelangt man von Mittelamerika nach Maine.

Auf der acht Fuß hohen sommerlichen Sandbank, circa vierzig Fuß von der Niedrigwassermarke landeinwärts, wartet ein anderer Duft. Hier haben die Gezeiten ein feuchtes Plateau errichtet, das aus fransigen Zotteln, Büscheln und verfilzten Girlanden von Meerespflanzen besteht: Gemeines Seegras, olivgrüner und olivbrauner Blasentang, die gezackten und welligen grünen Blätter des Meerlattichs, der essbare, purpurfarbene Lappentang und ausgebleichter Knorpeltang mit seinem schleimigen, gallertartigen, sieben bis acht Fuß langen Thallus. In den heißen Mittagsstunden liegen sie reglos da und trocknen langsam aus, verwelken – ihr angestammter Lebensraum ist das Wasser – und füllen die flirrende Luft mit einem Duft, in dem sich das Meer und die Pflanzenwelt mischen. Ich liebe diesen kreatürlichen Geruch. Mitunter krümmt sich ein toter, in der Brandung gestrandeter Fisch, etwa ein Rochen, in der Hitze und fügt dem Pflanzengeruch eine leicht fischige Note hinzu, die gleichwohl nichts von Fäulnis oder Verwesung hat, auch weil sich die Aasfresser des Strandes beizeiten des Falles annehmen.

Jenseits der Sandbank und der angrenzenden Rinnen erstreckt sich bis zum schattenlosen Bollwerk der Dünen jener

Bereich, den ich oberer Strand nenne. Im Sommer gelangt die Flut nur selten dorthin, sodass hier der warme, angenehme Duft von Sand vorherrscht. Ich ziehe mich in den Schatten des Wrackteils zurück, das in einer der Dünen begraben liegt, hebe eine Handvoll des trockenen, hellen Sandes auf, lasse ihn langsam durch meine Finger gleiten und nehme den feinen, leicht säuerlichen Steingeruch wahr, den die Hitze dem Sand entlockt. An manchen Stellen, im trockenen Sand gut versteckt, findet sich auch Tang – Treibgut, das die Flut des vergangenen Vollmonds angespült hat. Im schattenlosen Glast der Sonne haben sich die obersten Wedel und herzförmigen Schwimmkörper zu violettem Orange und dunkelviolettem Braun verfärbt. Unter dem Einfluss von Sand und Hitze hat sich der Geruch des Blattwerks verflüchtigt; nur ein Regenschauer kann ihn dem spröden, eigentümlich gefärbten Kraut erneut entlocken.

Die kühle Brise des Ozeans, der Duft der am Strand heimischen Pflanzenwelt in der Sonne, die heißen, kräftigen Ausdünstungen des Sandes – all das vermischt, ergibt den hochsommerlichen Duft des Strandes.

II

In meiner weitläufigen, baumlosen Welt strebt das Jahr mit großen Schritten voran. Den ganzen Tag und die ganze Nacht, vier oder fünf Tage am Stück, weht ein Südwestwind mit der nimmermüden Beständigkeit eines Flusses über das Kap. Die Sonne, die den Jahreskreis abschreitet, legt mit dem Erreichen der Sommermonate eine feierliche Pause ein, in der die flammende Scheibe überzuquellen scheint. An heißen Tagen kann man flirrende Hitze vom Strand aufsteigen sehen, die der Wind aufs Meer hinausträgt; über Heide und Marsch des Hinterlandes hängt bläulicher Dunst, der jegliche Details verschluckt und die Landschaft zu einer konturlosen Masse verschmilzt. In den Dünen ist es tagsüber oft wärmer als in den Ortschaften, weil der blanke Spiegel des Sandes die Hitze reflektiert; nachts hingegen ist es in den Dünen stets kälter. Fo’castle, zwischen der windigen Marsch und dem kühlen Ozean gelegen und auf von der Sonne ausgehärtetem Sand erbaut, erweist sich derweil als so behaglich wie ein Schiff auf dem Meer.

Die Hitze erfüllt die Dünenlandschaft mit dem Duft von Sand, Meer und Sonne. Auf den Kuppen reifen die Halme des Strandhafers zu stattlicher Höhe und sattem Grün, hellgrüne Keimlinge lugen zwischen abgestorbenen Halmen des Vorjahres hervor. Auf manchen Blätterspitzen kündet ein kleiner orangefarbener Punkt bereits von einsetzendem Welken, und auf beiden Seiten finden sich feine Linien als Vorboten des Vergehens. Die Gräser in den Salzwiesen tragen Früchte; die sommerlich grüne Ebene ist mit bräunlichen und gelblich grünen Flecken durchsetzt. Auf den Dünen schimmert unter Knäueln von Gras still der Sand hervor; wo keines wächst, hat es den Anschein, als drücke die Sonne ihn nieder. Wenn es eine Woche oder länger nicht geregnet und die Sonne ihre Strahlen wie Pfeile auf den Strand geworfen hat, wird der Sand auf dem Weg, der von Fo'castle durch die Dünen führt, so trocken, so lose und tief, dass ich hindurchstapfe wie durch Schnee.

Im Winter glich die See einem Spiegel in einem kalten, dämmrigen Raum, im Sommer ist sie ein Spiegel in einem Raum, der vom Licht durchflutet ist. Das Licht ist so kräftig und der Spiegel so groß, dass der Sommertag mit all seinen Einzelheiten darin widerscheint. Hier sammeln sich Farben, der Sonnenaufgang und die Dämmerung, Wolkenschatten und Wolkenspiegelungen, die zinnerne Eintrübung bei aufziehendem Regen, das leuchtende Blau des Himmels, aus dem jede Wolke vertrieben wurde. Sonnenstrahlen bohren sich in den Ozean, mit ihnen dringt ein Hauch von Wärme ein, doch die Wellen, die im Licht schimmern, tragen noch immer prickelnde Kälte mit sich herum.

Nun nehmen Insekten die warme Erde in Besitz. Wenn an heißen Tagen ein flauer Wind von der Marsch herüberweht, kann es in den Dünen tropisch werden. Dann zuckt der Sand vor lauter Leben. An solchen Tagen fliegen und stechen die »Grünaugen«, *Tabanus costalis*, besonders eifrig, Myriaden von Bartmücken oder Gnitzen lassen sich auf der von der Sonne beschienenen Südwand des Hauses nieder, Hirschlausfliegen und kleinere Artverwandte sammeln sich zum Angriff. Dann muss man im Haus bleiben oder, ist man am Strand, sich in die Nähe des Wassers retten. Wegen des Windes, der Kühle und der Gischt meiden blutsaugende Insekten in der Regel den unteren Strand, gleichwohl kann die tyrannische, Krankheiten übertragende Bremse eine hassenswerte Plage sein, wenn sie Mitte August ihre volle Reife erreicht. Bis jetzt hatte ich von den tropischen Tabaniden allerdings erst zweimal Besuch. Sieht man von den »Grünaugen« ab, die hier gewissermaßen Heimrecht genießen, hat man in den Dünen wohl ebenso seine Ruhe wie irgendwo am äußeren Strand. Und vor Stechmücken schützt mich der Wind.

Auch Ameisen haben Einzug gehalten, überall am oberen Strand sind ihre Hügel zu sehen; ich beobachte, wie die kleinen rotbraunen Geschöpfe unter im Sand vergrabenem Tang verschwinden und wieder hervorkommen. Das endlose Kommen und Gehen hinterlässt an jedem Loch eine feine Lineatur im Sand. Der ganze obere Strand wimmelt von überbordendem Leben. Überall sind Tunnel, Türen und Pfade zu erkennen. Die Grashüpfer, die im Juni noch winzig waren, sind inzwischen groß und haben gelernt, ihren Gesang anzustimmen. Überall in den Dünen, manchmal durch den Westwind vom Kurs abgebracht und Richtung Meer verweht, flattern Schmetterlinge. Wenn ich in den Dünen Treibholz umdrehe oder in den Salzwiesen den Wagenspuren folge, schrecke ich Grillen auf, die ins hohe Gras fliehen.

In den Dünen, dort, wo blanker Sand von dünnem Gras gesäumt wird, stößt man auf die tiefen, fingerförmig gerundeten Schächte der Wolfsspinne. Einen Fuß darunter, im kühlen Sand, lebt das schwarze Weibchen. Gräbt man es aus, findet man eine haarige, spinnwebartige Kugel. In den Sommermonaten verlässt die Lady die Höhle nicht, doch im Frühherbst kehrt sie in die Welt zurück und krabbelt durch das Dünengras, schwarz, schnell und Respekt einflößend. Das kleinere sandfarbene Männchen läuft überall herum. Unlängst bin ich einem Exemplar begegnet, das in einer bewölkten Nacht im trüben Mondlicht allein am Strand unterwegs war. Zunächst glaubte ich, einen kleinen Krebs vor mir zu haben. Etwas später in derselben Nacht sah ich nahe der Brandungszone eine winzige sandfarbene Kröte und fragte mich, ob wohl der Appetit auf Strandflöhe sie hergeführt hatte.

»Junikäfer«, *Lachnosterna arcuata*, lassen sich mit einem vernehmlichen Ploppen auf den Fenstern nieder und stimmen dort ein beeindruckendes Summen an. Öffne ich die Tür auch nur einen Spaltbreit, schwirrt schon ein halbes Dutzend von ihnen um meine Tischlampe herum, bis es benommen auf das Tischtuch fällt. Auf den Sandwällen schälen sich einzelne schwarze Wespen aus einer Höhle, über den Weg vor mir wandern die Schatten großer Libellen.

Die krautige Strand-Platterbse steht in voller Blüte, der Westwind streicht durch den Strandhafer und zieht weiter über die leicht gekräuselte Oberfläche des still daliegenden Atlantiks; Hitzewolken hängen reglos über dem Horizont, die unteren Ränder verfließen im Dunst; die Sonne quillt über, das Jahr schreitet gleißend voran.

III

In einem früheren Kapitel habe ich davon berichtet, wie sich die Vögel im April und Mai aus dieser Region zurückziehen. So gab es Zeiten, in denen Silbermöwen, die das ganze Jahr über hier ausharren, die einzigen Vögel waren, die mir blieben, und viele von ihnen waren noch Jungtiere beziehungsweise solche, deren Federkleid gerade vom Braun des Nachwuchses zum erwachsenen Weiß und Grau wechselte. An einem kalten, nebligen Morgen im späten Mai stellte ich nach dem Aufstehen fest, dass der Strand unterhalb von Fo'castle von Möwen in Beschlag genommen worden war, weil in der Nacht einige Seehechte gestrandet waren. Die Vögel hatten sie entdeckt und waren gekommen, um sich an ihnen gütlich zu tun. Manche pickten bereits an dem frischen Fisch herum – ich konnte beobachten, wie einige von ihnen ihre Mahlzeit gegen Nachzügler und Futterneider verteidigten, indem sie die Flügel spreizten und feindselig kreischten –, andere hatten sich am oberen Strand aufgereiht und schauten mit staatstragender Miene zum Meer. Es waren überwiegend Jungtiere, die vorherrschenden Farben Weiß und Braun in allen denkbaren Schattierungen; manche Exemplare waren kalkfarben und braun, andere gesprenkelt wie Hennen, wiederum andere verbanden eine hellgraue Grundfarbe mit eigentümlichen braunen Flecken. Der Federwechsel der Silbermöwe ist eine komplizierte Angelegenheit. Es gibt eine Frühjahrs- und eine Herbstmauser, vollständige und partielle Mausern sowie ein Balzkleid. Die volle Geschlechtsreife und die Farbausprägung des erwachsenen Tieres erlangt die Silbermöwe frühestens im dritten Lebensjahr.

Wenn ich an einem strahlenden Sommermorgen aufwache, ist das erste Geräusch, das ich bewusst wahrnehme, das wiederkehrende Anrollen und Auslaufen der Wellen am Strand, gefolgt von einem leisen Trippeln auf dem Dach über mir und dem fröhlichen Zwitschern einer Singammer, die ihr melodiöses Lied singt. Singammern sind in den Dünen heimisch. Ich kann sie den ganzen Tag über hören, weil ein Paar in einem Silberrautenstrauch nistet, der auf dem seewärtigen Hang meiner Düne wächst. Mein Haus dient ihnen als Sitzgelegenheit, von der aus sie die Welt überblicken können, und so hocken sie auf dem First und singen mit bewundernswerter Beharrlichkeit ein Loblied auf das Leben. Genau genommen beherrscht die Singammer zwei Lieder, das eine ist eine Hochzeitsarie, das andere die allseits vertraute Melodie, das erste stimmt sie beim Nestbau und der Eiablage an, das zweite vom Ende der Flitterwochen bis zum Verstummen im Herbst. Überrascht hat mich, wie unvermittelt der Übergang stattfindet. Am Nachmittag des 1. Juli hörte ich die Vögel auf meinem Dach die Hochzeitsarie anstimmen; am Morgen des 2. Juli hatten sie das Notenblatt umgedreht und sangen die zweite Melodie. Beide sind sich recht ähnlich, doch die erste ist mit deutlich mehr Trillern ausgeschmückt.

Sobald ich morgens die Haustür öffne und hinaus auf die See und den riesigen, leeren Strand mit den Pfaden der Küstenwache schaue, stelle ich fest, dass das Haus von Schwalben belagert wird – sie machen Jagd auf die noch schläfrigen Fliegen, die die Nacht auf den Dachschindeln verbracht und sich eben erst summend erhoben haben –, und sowohl südlich als auch nördlich von mir sind in und über den Dünen überall Schwalben zu sehen. Der Strandhafer leuchtet in der morgendlichen Sonne, die flach einfallenden Strahlen lassen die reifenden Halme hervorstechen, knapp über dem grünen Flor schweben graziös die Schwalben. Meist handelt es sich um Uferschwalben, *Riparia riparia*, doch es sind auch Rauchschwalben, *Hirundo erythrogastra*, und vereinzelte Sumpfschwalben, *Iridoprocne bicolor*, darunter. Um kurz nach sieben ziehen sie sich zurück. Tagsüber sind nur wenige Vögel zu sehen, die nach Futter suchen, denn die eigentliche Nahrungssuche findet am frühen Morgen statt. Die Uferschwalben (zu erkennen an der weißen Unterseite und einem dunklen Brustband) nisten nördlich der Station von Nauset, wo eine Lehmschicht im großen Wall Halt bietet; die Sumpf- und die Rauchschwalben leben im Inland nahe den Bauernhöfen. Mitunter ist zu hören, dass die Uferschwalbe auch in den Dünen nistet. Mir ist dort nie ein Nest begegnet, aber den Schwalben ist auch das zuzutrauen. Ich habe oft genug darüber gestaunt, wie selbstverständlich sich manche Tiere im losen Sand bewegen. Vor nicht allzu langer Zeit fiel mir auf der Kuppe einer großen Düne ein sechs oder sieben Fuß langer Tunnel auf, den Maulwürfe gegraben hatten.

Die Fluss-Seeschwalbe, *Sterna hirundo*, hier auch Rotschnabelmöwe genannt, beansprucht an warmen Sommertagen den Strand für sich. Drei- oder viertausend dieser Vögel nisten in der Region; die Nester finden sich vereinzelt in den Dünen und zuhauf auf den Kiesflächen der Inseln im Marschland unweit von Orleans. Den ganzen Tag über fliegen sie vor meinen Fenstern hin und her, mal mit dem Wind gleitend, mal gegen ihn ankämpfend; lange vor Sonnenaufgang sehe ich sie an der Brandung entlanggleiten, weiße Vögel vor einem Himmel, der sich von Osten her allmählich rosig einfärbt, und einem Ozean, der noch in das tiefdunkle Blau der Nacht getaucht ist. In der Dämmerung wirken sie wie nicht von dieser Welt. Es gibt aber auch Tage, an denen sie mich regelrecht umschwärmen und mir mit ihrem Flügelschlag und ihrem Gezeter nahe kommen.

Die Fluss-Seeschwalbe ist wahrlich ein prächtiger Vogel. Ihr Gefieder ist hellgrau und weiß, die Flügel sind leicht gekrümmt, sie ist zwischen dreizehn und sechzehn Inch groß und trägt eine schwarze Haube, ihr Schnabel ist korallenrot mit schwarzer Spitze, Beine und Füße sind zinnoberfarben. Ihr Ruf hat für meine Begriffe etwas von einem Krächzen; nennen wir es ein helles und hohes krächzendes Rufen. Obwohl es unwirsch klingt, ist es nicht unangenehm, und es variiert je nach Stimmung der Tiere. Neulich ging ich am Strand Richtung Süden, als ich an eine Stelle kam, an der Elterntiere von See zurückkehrten und auf dem Weg zu ihren Nestern die Nehrung querten. Als die Vögel in Sichtweite ihrer Partner und der gemeinsamen Jungvögel kamen, änderte sich der Klang ihres Rufes und nahm eine urwüchsige, herbe Zartheit an, die mich regelrecht anrührte.

Am letzten Montag saß ich morgens am nach Westen blickenden Fenster über meinen Aufzeichnungen, als ein Vogel einen merkwürdigen Schrei ausstieß. Ich schaute hinaus und sah eine Schwalbe, die jene weibliche Hudsonweihe attackierte, von deren Besuchen in den Dünen ich ja bereits berichtet habe. Der Kriegsruf des Seevogels war mir gänzlich neu: *»Kih, kih!«*, kreischte er, und in dem unwirschen, dringlichen Klang lag etwas Mahnendes, eine Mischung aus Warnruf und Wutschrei. Die größere Weihe schlug mit den Flügeln, und es klang, als seien sie aus Papier – ist die Hudsonweihe nahe dem Erdboden, gleicht ihr Flügelschlag mitunter frappierend dem eines Schmetterlings –, sie reagierte aber nicht auf den Angreifer, sondern sank mit ausgebreiteten Flügeln zu Boden und harrte eine endlos scheinende halbe Minute auf dem muschelbesetzten Boden der Senke aus, die etwa vierzig Fuß hinter meinem Haus liegt. So schien sie ein leichtes Ziel abzugeben. Ohne ihr Schimpfen zu unterbrechen, schwang sich die Schwalbe, die dem Feind in die Senke gefolgt war, auf und stieß wieder herab, als machte sie Jagd auf einen Fisch. Die Weihe blieb reglos sitzen. Es war ein spektakuläres Schauspiel. Knapp über dem Kopf der Weihe fing die Schwalbe ihren Sturz ab, stieg wieder auf und ließ sich erneut fallen. Nach dem dritten Angriff wurde es der Weihe zu bunt. Sie hob ab und flog in geringer Höhe davon. Der Kampf verlagerte sich in die Dünen, und das Letzte, was ich davon mitbekam, war, dass die Weihe die Dünen verließ und unbehelligt über die Marsch gen Süden flog.

Bei dem Anblick der Hudsonweihe, die im intensiven Licht der Sommersonne am Strand kauert und von dem aggressiven grauen Seevogel attackiert wird, kamen mir die altägyptischen Darstellungen von Tieren und insbesondere Vögeln in den Sinn. Die Weihe, die dort in der Senke saß, war Horus, der Gott der Ägypter, in seiner Gestalt als Falke, dieselbe unbeugsame Haltung, dieselbe unbedingte Entschlossenheit, dieselbe Autorität. Je länger ich hier lebe und je mehr ich über Vögel und andere Tiere lerne, desto größer wird meine Bewunderung für jene Künstler, die vor vielen Tausend Jahren im alten Ägypten gewirkt und in der bedrückenden Stille königlicher Grabbauten gezeichnet, gemalt und geritzt haben, hier Enten hinterließen, die verängstigt aus den Auen des Nils fliehen, dort Vieh, das eine Dorfstraße entlanggetrieben wird, an anderer Stelle den Geier, den Schakal und die Schlange. Nach meinem Empfinden reicht keine Abbildung von Tieren an die ägyptischen Darstellungen heran. Das sage ich nicht aus Respekt vor der wahrheitsgetreuen Wiedergabe und darstellerischen Finesse – obschon die Ägypter sich streng an die Vorgaben der Natur hielten –, sondern wegen der einzigartigen Fähigkeit, die Psyche der Tiere zu ergründen, sie zu verstehen und wiederzugeben. Besonders ausgeprägt ist diese Fähigkeit der Ägypter bei der Darstellung der Vögel. Im Blick eines steinernen Habichts, der an der Wand eines Tempels in härtesten Granit geritzt wurde, liegt das Wesen aller Habichte. Darüber hinaus ist nichts Menschliches an diesen Geschöpfen der Ägypter. Sie sind autark und unerreichbar wie die Bewohner einer ursprünglicheren und gefühlstieferen Welt.

Die Fluss-Seeschwalben betrachten den Strand so sehr als ihr Revier, dass sie sogar Menschen als Eindringlinge auffassen und Jagd auf sie machen. Oft stellen sie mir bis nach Nauset nach. Erst gestern Nachmittag haben mich drei von ihnen ins Visier genommen, als ich gegen zwei Uhr über den heißen und tiefen Sand Richtung Norden trottete.

Es ist ein sonderbares, aber durchaus amüsantes Erlebnis, von Vögeln gescholten und schikaniert zu werden. Sie folgten meinem Weg über den Strand, hielten Schritt mit mir und machten halt, wenn ich haltmachte. Dafür setzten sie die Federn ihres gespaltenen Schwanzes wie ein Seitenruder ein und kreisten knapp über meinem Kopf. Etwa alle halbe Minute stieg eines der drei Tiere zwanzig, dreißig Fuß weit auf, hielt sich ein bis zwei Sekunden über oder hinter mir in der Luft und stieß schließlich laut schimpfend auf mich herab, um den freien Fall kaum einen Fuß über meinem Kopf mit einer eleganten Kehre abzufangen. Die Empörung war so groß und das Gezeter so vernehmlich, als hätten mich die Vögel dabei ertappt, wie ich die Eier oder Küken aus ihren Nestern raube. Dabei waren das nächste Nest und der nächste Nistplatz meilenweit entfernt. Und sollte jemand es tatsächlich wagen, Seeschwalben in ihren Nestern zu stören, dann ergeht es ihm wie mir, nur dass es dann Dutzende Tiere sind, die angreifen, und er damit rechnen muss, von ihnen getroffen, und zwar empfindlich getroffen zu werden.

Ich nehme an, dass die Hudsonweihe es auf besagte Nester abgesehen hatte. Dabei brütete die Dame selbst gerade Eier aus. Zumindest habe ich sie kaum mehr gesehen, seit sie ihre täglichen Besuche irgendwann im Frühjahr eingestellt hat.

Von Mitte Juni bis Mitte Juli laufen die Fluss-Seeschwalben zur Hochform auf. Die Brut ist geschlüpft, Fisch im Überfluss vorhanden, sodass die Elterntiere den ganzen Tag zwischen ihrem Nest und dem Meer hin- und herfliegen. Wenn ich bei Sonnenaufgang die Haustür öffne, fliegen sie bereits vorbei und segeln zwanzig bis dreißig Fuß über den sich kräuselnden Wellen. Stunde um Stunde formieren sie sich zu zwei nicht endenden Strömen, von denen der eine zum Fischen fliegt, der andere den Fang nach Hause bringt. Stunde um Stunde ziehen sie vorbei – Tausende Vögel pro Stunde, wenn sich viele Fische nah ans Ufer wagen. Wenn sie zurückkommen, halten sie nahezu ausnahmslos einen silbrigen Fisch quer im Schnabel, und anders als der Rabe im Märchen kann die Schwalbe schreien, ohne die Beute fallen zu lassen.

In ihrer großen Mehrheit handelt es sich bei diesen Vögeln um Männchen, die ihre Partnerinnen und den gemeinsamen Nachwuchs mit Futter versorgen. Der Fang besteht normalerweise aus drei bis vier Inch großen Sandaalen, aber mitunter sehe ich auch Vögel, die schwer an einer jungen Makrele zu schleppen haben. Manchmal kommt auch einer mit zwei

Sandaalen im Schnabel vorbei, dem es erkennbare Mühe bereitet, sie nicht zu verlieren.

Vor etwa einer Woche, um kurz nach zwei an einem sonnigen Nachmittag, flogen Fluss-Seeschwalben unvermittelt aus allen Richtungen herbei und sammelten sich an der Brandung vor den Dünen. Rochen hatten wieder einmal einen Pulk Sandaale vor den Strand getrieben. Es war Flut, die Wellen rollten heran und brachen sich, die größeren ließen den Strand erzittern. Aus heiterem Himmel stießen die Vögel auf ihre nun doppelt bedrohte und verängstigte Beute herab, die sie in den wie Klauen sich rundenden Wellenkämmen, den vorpreschenden Flanken des grünlich schimmernden Schwells und dem zischenden Schaum jagten, der den Strand hinauflief und sich dabei mit dem gelben Sand vermischte. Flügel durchschnitten die Luft, die mit vorfreudigem, hungrigem, nicht enden wollendem Geschrei gespickt war. Wenn die Vögel im Sturzflug niederstießen, spritzten aus der Brandung Wasserfontänen auf. Die verängstigten Fische wichen nach Süden aus, die Schwalben flogen ihnen nach; eine Stunde später sah ich durchs Fernglas, dass sich der Kampf nördlich und auf der seewärtigen Seite der Untiefe fortsetzte.

Mit Raubmöwen, *Stercorarius pomarinus, Stercorarius parasiticus,* scheinen sich die Seeschwalben von Eastham nicht herumschlagen zu müssen. Hier am Strand habe ich nur eine Raubmöwe gesehen, einen einzelnen Vogel, der eines Morgens im letzten September am Haus vorbeiflog. Von Nachbarn höre ich jedoch, dass in der Bucht von Cape Cod viele Raubmöwen leben, die den Schwalben, die auf den Untiefen von Billingsgate fischen, den Fang streitig machen.

Nahezu täglich gehe ich in der Zeit der größten Hitze an den unteren Strand und lege mich eine Weile auf den heißen

Sand, wobei ich die Augen mit einem Arm schütze. Unlängst hob ich aus einer Laune heraus den Arm, als eine Seeschwalbe vorbeiflog – wenn sie vom Fischen zurückkommen, fliegen die Vögel kaum dreißig Fuß über dem Strand –, und zu meiner großen Erheiterung reagierte sie sogar auf mein Handzeichen, hielt im Flug inne, ließ sich sacken und schwebte einige Sekunden lang kaum zehn Fuß über meiner Hand. So konnte ich sehen, dass die Federn auf ihrer Unterseite nicht weiß waren, sondern einen hübschen rosafarbenen Schimmer trugen. Ich hatte eine Rosenseeschwalbe, *Sterna dougallii*, aufgehalten. Spaßeshalber wackelte ich mit den Fingern, was der Vogel mit einem Schrei erwiderte, aus dem ich Verwunderung und Entrüstung herauszuhören glaubte; dann flog der Vogel weiter, und damit war der Vorfall beendet.

In diesem Jahr begleiten einige Aztekenmöwen, *Larus atricilla*, die Seeschwalben zum Fischen, wobei die etwa ein Dutzend Tiere starke Gruppe unter sich bleibt, wenn sie mit ihren Nachbarn aufs Meer hinausfliegt.

Die interessanteste Begegnung mit Vögeln in diesem Sommer hatte ich mit einem Flug Zwergseeschwalben, *Sterna antillarum*, mit dem ich es an einem Junimorgen zu tun bekam, als ich gerade nahe der großen Düne unterwegs war und ein Schwarm kleiner Schwalben auf mich zuflog, die mich empört schimpfend umzingelten. Zu meiner großen Freude stellte ich fest, dass es sich um Zwergseeschwalben handelte, einen Vogel, der an unseren Küsten eher selten vorkommt, aber wohl der schönste und grazilste aller heimischen Seevögel ist. Man erkennt die Zwergseeschwalbe, die kaum größer als eine Rauchschwalbe ist, an dem gegenüber der Fluss-Seeschwalbe helleren Grau ihres Gefieders, dem zitronengelben Schnabel und den gelborangen Füßen.

Die Vögel nisteten am Fuß der großen Düne, und ich hatte sie gestört. Im Glanz der Morgensonne kreisten sie über mir und stießen mal einen einzelnen Alarmruf aus, dann wieder eine wahre Serie spitzer Schreie.

Ich ging zu den Nestern.

Die Nester dieser Vögel sind etwas ganz Besonderes, denn sie bestehen im Grunde nur aus einer Mulde am offenen, ungeschützten Strand – und mitunter fehlt selbst die. »Am Strand ein Nest zu bauen«, so erklärt mir Mr. Forbush, »ist im Nu erledigt. Der Vogel landet, duckt sich ein wenig und bewegt die kleinen Füße so schnell, dass sie miteinander zu verschmel zen scheinen, während der Sand in alle Richtungen fliegt, weil das Tier sich langsam im Kreis dreht. Dann kauert es sich hin und glättet den Boden der Senke, indem es sich erneut dreht und dabei hin und her wackelt.«

Leider habe ich den Zettel verlegt, auf dem ich die Zahl der Nester notiert hatte, die ich an jenem Morgen fand, aber es müssen zwanzig bis fünfundzwanzig Stück gewesen sein. In jedem lagen Eier, mal waren es zwei, mal drei und einmal sogar vier. Die Färbung der Schale zu beschreiben ist nicht leicht, weil es zahlreiche Variationen gab, doch der Eindruck, den ich hatte, vermittelt sich wohl am ehesten, wenn ich sie als sandfarben mit einem blaugrünen Stich und entweder braunen, violett-braunen oder lavendelfarbenen Tupfern beschreibe. Mehr als für die Eier interessierte ich mich allerdings dafür, dass und wie die Vögel ihre Nester mit Kieselsteinen und Muschelstücken geschmückt hatten. Am Strand hatten die Zwergseeschwalben flache Muschelscherben von der Größe eines Fingernagels aufgesammelt und damit den Rand der Senke markiert, die ihnen als Nest diente. Dort lagen sie nun wie die Teile eines Mosaiks.

Zwei Wochen lang habe ich die Zwergseeschwalben und ihre Nester beobachtet und dabei stets darauf geachtet, die brütenden Vögel nicht zu stören oder zu erschrecken. Doch wenn ich bei Hochwasser am Strand entlanglief, kam ich ihnen zwangsläufig nahe, und wenn ich die Männer der Küstenwache Richtung Süden begleitete, hörte ich in der sternenklaren Nacht vereinzelte Alarmrufe. Ende Juni zog dann unerwartet ein Nordoststurm auf.

Der Sturm wütete des Nachts. Ich zündete im Kamin ein Feuer an, schrieb ein oder zwei Briefe und lauschte dem Heulen des Windes und dem Prasseln des Regens. Meine Gedanken aber gingen die ganze laute und weitgehend schlaflose Nacht über immer wieder zu den Zwergseeschwalben. Ich malte mir aus, wie sie dort draußen schutzlos am stürmischen Strand saßen, während der Wind über sie hinwegpfiff und der Regen sich in Strömen über sie ergoss. Schließlich öffnete ich die Haustür, schaute einen Moment lang in die verregnete Finsternis und hörte das gewaltige Tosen der See.

Als ich am nächsten Morgen gegen fünf aufstand, hatte sich mit dem Rückzug der Flut auch der Sturm abgeschwächt, doch noch blies eine kräftige Brise, dazu nieselte es fein. Am Fuß der großen Düne bot sich ein Bild der Verwüstung. Die Flut hatte den Strand überspült, die Nester waren spurlos verschwunden. Später am Tage entdeckte ich in einem Büschel Seegras etwas südlich der großen Düne blaugraue Bruchstücke einer Eierschale. Wo die dazugehörigen Vögel abgeblieben waren, habe ich nie erfahren. Sicherlich hatten sie sich einen besseren Platz gesucht und dort von vorn angefangen.

Du lieber Himmel!, dachte ich, als ich nach Hause zurückkehrte. Wie es wohl den Singammern geht?

Mit bloßen Beinen lief ich durch das klitschnasse Gras zur

Silberraute. In der Nacht hatte sich der Sand in Bewegung gesetzt, war die Dünen entlanggekrochen, hatte sich mit dem Regen vermischt und große Teile des Strauches unter sich begraben. Im Grunde war es nun kein Strauch mehr, sondern ein Gestrüpp aus einzelnen Stängeln, die aus einem stattlichen durchnässten Sandhügel aufragten. Als ich näher kam, sah ich durch den Regen die Augen einer Seeschwalbe zwischen den Blättern aufblitzen. Der Sand ragte bis auf einen Inch an ihr Nest heran, die Blätter, die es schützen sollten, waren vom Wind abgeknickt und mit einer Schicht aus Sand überzogen, doch dahinter saß die kleine Vogeldame und schaute entschlossen und pflichtbewusst drein. Sie zog ihren Nachwuchs auf – wie sehr sie sich das verdient hatte –, und irgendwann im Juli zog die ganze Familie in die Dünen um.

Ich muss einen Abschnitt aus meinen Aufzeichnungen aus dem Herbst einfügen und von meiner letzten Begegnung mit einem Flug Seeschwalben berichten. Es war ein unvergessliches Erlebnis. Im Laufe des Augusts sichtete ich zunehmend weniger Tiere, und als sich der Monat dem Ende zuneigte, vergingen ganze Tage, ohne dass sich ein Vogel oder auch nur eine Spur von ihnen zeigte. Den 1. September erlebte ich in der Gewissheit, dass die allermeisten inzwischen fortgezogen waren. Dann geschah das Unerwartete. Am Samstag, den 3. September, hatte ich Freunde zu Besuch, und als sie wieder aufbrechen wollten, öffnete ich die Haustür von Fo'castle und stellte fest, dass der Himmel über den Dünen vor jungen Seeschwalben so weiß wie Schnee war. Der Tag war mild gewesen, am späten Nachmittag war das Licht goldgelb und weich – die Sonne sollte in einer Stunde untergehen –, und hoch über mir tanzten und wirbelten in diesem goldenen Licht Myriaden von Seeschwalben wie Blätter. Wir sahen sie endlose Meilen weit über den Dünen, im Norden wie im Süden. Zwanzig Minuten, vielleicht sogar eine halbe Stunde lang füllten sie den Himmel, und während all der Zeit hörte ich nicht einen einzigen Vogel auch nur einen einzigen Ton abgeben.

Als der Pulk sich nach Süden und Richtung Inland zurückzog und langsam auflöste, war das Schauspiel beendet.

Es war eine wirklich seltsame Begebenheit. Offenbar hatte ein Impuls des Himmels auf sie eingewirkt, war in ihre gefiederten Brüste gedrungen und hatte sie dazu animiert, sich in die Lüfte über den Dünen zu erheben. Woher kam diese Gestimmtheit, woher der Entschluss, und wie hatte er sich in Tausende Herzen verbreiten können? Der Ablauf der Szene erinnerte mich stark an einen Bienenschwarm. Auch hier war ein Schwarmtrieb am Werke, ja, aber es muss mehr als das gewesen sein. Die Vögel flogen sehr hoch, höher, als ich es je bei Seeschwalben erlebt hatte, und soweit ich es beurteilen – oder vermuten – kann, war die große Mehrheit Jungvögel. Es war ein Rausch, ein Husarenstück der Jugend. Und damit soll es genug sein mit den Seeschwalben.

Im späten August sehe ich mit jedem Tag mehr und häufiger Strandvögel. Wasserläufer und Halsringenten waren den ganzen Sommer über dort, doch zu Beginn der Jahreszeit machen sie sich noch rar und zeigen sich mitunter mehrere Tage hintereinander nicht. Die ersten größeren Gruppen, die von den Brutplätzen im Norden zurückkehrten, sind Mitte Juli eingetroffen. Ich erinnere mich noch gut an ihre Ankunft. Vier endlos scheinende Tage lang war ein starker, nicht nachlassender Wind aus Südwest über die Lagune und hinaus auf das graue Meer gezogen; am Morgen des fünften Tages hatte er sich kurz vor Sonnenaufgang gelegt; es folgte eine Phase der Windstille, ehe zwischen neun und zehn Uhr eine leichte

Brise aus Ost einsetzte. Noch am Nachmittag dieses Tages war der Strand schwarz von Vögeln, in der großen Mehrheit Halsringenten und Sandregenpfeifer. Der Südwestwind hatte sie auf ihrer Wanderung offenbar ausgebremst. Die ersten Tiere, die eintrafen, waren streunende Banden. Als ich zwischen vierzehn und fünfzehn Uhr nach Nauset ging, hatten sich bereits zwei- bis dreitausend Vögel eingefunden, und als ich näher kam, flog Gruppe um Gruppe auf, um andernorts nach Nahrung zu suchen. Im Herbst waren die Flüge zwar kleiner gewesen, hatten sich aber als Einheiten verstanden, die gemeinsam auf- und niederstiegen, kreisten und landeten; die Vögel aber, die jetzt gekommen waren, waren nur durch lose Bande verbunden und bildeten bei Bedarf kleine Grüppchen.

Ende August kehrten auch meine Wildenten, die unterdessen ihre Jungen aufgezogen hatten, zu Hunderten in die Marsch zurück. Wenn ich im Mai, Juni oder noch Anfang Juli des Nachts am Strand unterwegs war, drang aus den Salzwiesen kein Laut. Gehe ich nun um halb zehn vor die Tür, um den Patrouillengänger der Küstenwache abzufangen, dringt aus der Dunkelheit über den Wiesen ein alarmiertes Quaken, ein Warnruf. Die Marsch füllt sich wieder mit Leben, die Sonne zieht auf ihrem Weg nach Süden über grüne Baumwipfel und blühende, bräunlich schimmernde Heide.

Stand im Überschwang des Frühlings noch das einzelne Tier mit seinem Geschlechtstrieb im Vordergrund, so wird ab Mitte des Sommers die Gruppe wieder ins Recht gesetzt. Wenn im Frühjahr das innere Feuer aufflammt, setzt das Gefühl der Zugehörigkeit aus, weil jedes Tier darauf sinnt, dem Ruf der erwachten Triebe zu folgen. Selbst Geschöpfe, denen das Zusammenleben in Schwärmen oder Herden im Blut liegt, gerieren sich dann als Individuen. Erst mit der Aufzucht der

Jungen und deren Integration in die neu formierte Gemeinschaft gibt das Zusammenleben wieder den Takt des Lebens vor. Für eine gewisse Zeit war es aufgekündigt und geopfert worden – im Einklang mit der inneren Stimme und mit dem Segen der Götter.

IV

Unlängst konnte ich einen jungen Mann beobachten, der in der Brandung schwimmen ging. Er war circa zweiundzwanzig Jahre alt, knapp sechs Fuß groß und gut gebaut. Als er sich auszog, war zu erkennen, dass er regelmäßig schwimmen ging, denn er war von der Sonne gebräunt. Nackt stand er auf dem abschüssigen Strand, die Füße vom Schaum umspült, und wartete in Hockstellung die passende Gelegenheit ab, ehe er, den Kopf voran, in einem großen Bogen sprang und schließlich in der Flanke einer hoch aufragenden Welle verschwand. Mal um Mal wiederholte er das Spiel, und stets tauchte er auf der Rückseite der Welle wieder auf, mit Salz in den Augen, schüttelte das Wasser aus dem Haar und lächelte. Es war ein beeindruckendes Bild: die tosende Brandung, die urwüchsige Natur, der schöne Körper, nackt, kräftig und wohlgeformt, der verblüffende Sprung durch die Luft, die Arme vor dem Kopf gestreckt, Beine und Füße zusammengepresst, die Züge der flachen Hände beim Auftauchen und die sich gegenläufig bewegenden kräftigen, sonnengebräunten Schultern.

Beim Anblick dieses herrlich anzusehenden Menschen, der mit sich und der Natur im Einklang war, schien mir der menschliche Körper erneut als Mysterium, dem nichts gleicht; nichts reicht bei einem anmutigen Körper an die prächtige und ebenmäßige Schönheit heran, nichts an die triste und bemitleidenswerte Hässlichkeit eines Körpers, in den die Schönheit noch nicht Einzug gehalten oder aus dem sie sich bereits zurückgezogen hat. Armer Körper; die Zeit und das Vergehen waren die ersten Schneider, die dich den gnadenvollen Gebrauch der Kleidung gelehrt haben. Heute schimpfen manche, man bekäme zu viel von dir zu sehen. Für meinen Geschmack verhält es sich genau andersherum, und der Körper – sofern er schön ist – ist weder oft genug noch ausgiebig genug zu sehen. Mein ganzes Leben lang hat es mir Freude bereitet, schöne Menschen zu sehen. Schöne junge Männer und Frauen zu sehen flößt einem Ehrfurcht vor der Menschheit ein (von wie wenigen Begebenheiten lässt sich das sagen), und mit Sicherheit gibt es wenige Gemütslagen, die unsere Aufmerksamkeit mehr verdient hätten als jene, in denen wir, und sei es nur für einen Augenblick, der unglückseligen und irregeführten Gattung Mensch mit Ehrfurcht begegnen.

Der Schwimmer war längst fort, als ich aus einer unmotivierten Laune heraus nach dem Stängel einer Goldraute griff und am Grunde des Gespinsts aus gewundenen Blättern einen Fruchtkeim entdeckte, in dem sich bereits der Herbst ankündigte.

Kapitel 10

Orion steht über den Dünen

Der August ging zu Ende, und auf seinen letzten Tag folgte eine derart lichte und friedliche Nacht, dass ich spontan beschloss, sie am Strand unter den Sternen zu verbringen. Im Sommer gibt es Nächte, in denen Dunkelheit und Ebbe den Wind einschläfern, und diese letzte Augustnacht war erfüllt von der Stille, die entsteht, wenn der Wind verstummt. Südlich meines Hauses, zwischen dem steil aufragenden Kegel einer Düne und der Flanke eines Plateaus, öffnet sich zum Meer hin eine geschützte Mulde, und dorthin begab ich mich, meine Decke geschultert wie ein Seemann. Im Licht der Sterne war es in der Mulde dunkler als am großen, einsamen Strand, und der Boden hatte die Sonne des Tages gespeichert und war angenehm warm.

Ich schlief so unruhig, wie man im Freien eben schläft. Die im Dunkeln liegenden Wände, die mich umgaben, verströmten einen angenehmen Sandgeruch; es war still, und der Strandhafer, der die Senke hier und da säumte, lag so reglos da, als befände er sich im Inneren eines Hauses. Als ich Stunden später erneut aufwachte, war die Luft kälter geworden und das Rauschen der Wellen vernehmlicher. Noch war es dunkle Nacht, aber an Schlaf nicht mehr zu denken. Also zog ich mich an und ging zum Strand. Im Osten zeigte sich ein schwaches Licht, das von zwei großen Sternen stammte, die sich aus jener Zone der Dunkelheit erhoben, in der sich die Nacht und das Meer verbinden – Beteigeuze und Bellatrix, die beiden Schultersterne des Orion. Der Herbst war da, und erneut zeigte sich der Himmelsgigant zu Tagesanbruch am Horizont und kündigte das Jahresende an. Sein Gürtel war noch von einer Wolkenbank verhüllt, und die Füße steckten in den Tiefen des Alls und den Weiten des Ozeans.

Mein Jahr am Strand hatte sich vollendet, und es war an der Zeit, die Tür hinter mir zu schließen. Als ich die beiden Riesensterne sah, gingen meine Gedanken zum Frühjahr zurück, als ich sie zum letzten Male im Westen über der Heide gesehen hatte, ehe ihr Licht erstarb und versank. Im dunklen Dezember standen sie von ferne funkelnd über den ehern schimmernden Wellen des Ozeans. Nun erhob sich der Jäger Orion erneut, um den Sommer Richtung Süden zu treiben, und in seinem Gefolge hielt der Herbst Einzug. Ich hatte den Lauf der Sonne durchlebt, an der elementaren Natur teilgehabt. Schon nahmen Erinnerungen Gestalt an. Noch einmal sah ich, wie der große Sturm den Graupel im fahlen Licht des Mondes auf die verblühten Wiesen peitschte, sah die blau-weiße Gischt, mit der eine große Welle das vorgelagerte Riff übergoss, die Schwäne am Oktoberhimmel, die aberwitzigen Sonnenuntergänge, die prächtigen Seeschwalben über den Dünen, die Scharen ankommender Vögel, den einsamen Adler in der Luft. Dass ich diese abgelegene und geheimnisvolle Welt hatte erleben dürfen, dass ich hatte leben können, wie ich gelebt hatte, erfüllte mich mit tief empfundener Demut und Dankbarkeit, die alle anderen Gefühle verdrängten, und für einen Moment versank das übrige Leben in der Weite und Stille, die mich umgab. Dann zog sich die Zeit wieder wie eine Wolke über mir zusammen, und auch wenn der Ozean von den Überresten der Nacht noch dunkel war, wurden die Sterne über ihm schon blasser.

In den Monaten, die seit jenem Septembermorgen vergangen sind, hat mich so mancher gefragt, wie man nach einem derart ungewöhnlichen Jahr über die Natur denkt. Meine Antwort lautet, dass das wichtigste Ergebnis ein Gespür dafür ist, dass die Schöpfung ein Prozess ist, der sein Ende noch nicht erreicht hat, dass die schöpferischen Kräfte auch heute noch so mächtig und so aktiv sind wie eh und je und der nächste Morgen so herrlich sein wird wie jeder beliebige zuvor. *Die Schöpfung findet hier und jetzt statt*, und der Mensch hat so wenig Distanz zu dem prächtigen Schauspiel, ist so sehr Teil dieses nicht endenden, unerhörten Experiments, dass der Blick, den er darauf wirft, allenfalls einen ausschnittartigen Moment einfängt, einen einzelnen Ton einer Symphonie, die durch die Zeit nachhallt. Für ein Verständnis ist Poesie so unverzichtbar wie Wissenschaft. Ohne Ehrfurcht zu leben ist so unmöglich, wie ohne Freude zu leben.

Und was ist mit der Natur selbst, fragen Sie, dieser herz- und seelenlosen Maschine, die so »grausam und blutrünstig«[5] sein kann? Nun ja, antworte ich, die Natur gleicht viel weniger einer Maschine, als Sie denken mögen. Und wann immer von »grausam und blutrünstig« die Rede ist oder ähnliche Zuschreibungen zu hören sind, dann weiß ich, dass der Betreffende sein Wissen über die Natur aus Büchern bezieht. Ich leugne nicht, dass es in der Natur Grausamkeiten gibt, doch sollte man sich davor hüten, sie nach jenen menschlichen Werten zu messen, die gerade Gültigkeit haben. Genauso gut könnte man darauf hoffen, dass sie, um unseren Werten zu genügen, zu uns nach Hause kommt und im Sessel Platz nimmt. Die Ökonomie der Natur, der Ausgleich zwischen widerstreitenden Kräften, die Befriedung konkurrierender Lebensformen – all das ist ein großes Wunder, das einer eigenen Ethik folgt. Wer in der Natur lebt, wird schnell merken, dass sie zwar einen eigenen Rhythmus hat, der nicht der des Menschen, gleichwohl alles andere als ein Jammertal ist. Während ich das schreibe, denke ich an meine geliebten Vögel am großen Strand, an ihre Schönheit und Lebensfreude. Und wer sich dennoch vor ihr ängstigt, sei versichert, dass die Natur sich unerwartet und unbemerkt gnädig zeigt.

Welche Haltung gegenüber dem Leben Sie für sich auch immer als die richtige ausgemacht haben mögen, denken Sie daran, dass sie nur dann als fundiert gelten darf, wenn sich darin Ihre Haltung gegenüber der Natur reflektiert. Das Leben der Menschen wird zwar oft mit dem Schauspiel auf einer Bühne verglichen, ist aber eher ein Ritual. Die althergebrachten Werte wie Würde, Schönheit und Poesie, auf die es gründet, sind von der Natur inspiriert; sie sind Abkömmlinge der Rätselhaftigkeit und Schönheit der Welt. Wer die Natur gering schätzt, schätzt auch den Menschen gering. Halten Sie Ihre Hand schützend über die Erde wie vor eine Flamme. Alle, die sie lieben, die ihr die Türen zu ihrem Innersten öffnen, lässt sie an ihrer Kraft und ihrer unerschöpflichen Energie teilhaben. Berühren Sie die Erde, lieben und ehren Sie sie, ihre Ebenen, ihre Täler, ihre Berge und ihre Meere; gönnen Sie Ihrem Geist Entspannung in der Einsamkeit. Die Geschenke, die das Leben bereithält, sind Geschenke der Erde, und sie sind für alle da, das Singen der Vögel bei Tagesanbruch, Orion und der Große Bär und der Blick vom Strand auf das Morgengrauen über dem Meer.

Anmerkungen des Übersetzers und Zitatnachweise

1 »… ›nirgends niederlassen zu wollen schien‹«: aus dem Gedicht »The Snow-Storm« von Ralph Waldo Emerson

2 »… ›die Stunden träger Zeit zu säumen und vergessen‹«: aus William Shakespeare, *Wie es euch gefällt*, 2. Akt, 7. Szene, übersetzt von August Wilhelm von Schlegel

3 »… und scheint ein für alle Male überholt«: Die Brautente galt zu Beginn des 20. Jahrhunderts als aussterbende Art.

4 »… und wie der Kuh in dem alten Kinderlied blieb der Krähe und der anderen Möwe nur eines: ›Nachsicht zu üben‹«: Das erwähnte Lied heißt »There Was a Piper Had a Cow«.

5 »… Maschine, die so ›grausam und blutrünstig‹ sein kann«: aus dem Gedicht »In Memoriam A. H. H.« von Alfred Lord Tennyson

Nachwort

Das Schreiben der Natur, die Natur des Schreibens

September 1926. Ein Mann bezieht ein kleines Holzhaus am Meer, das er sich im Jahr zuvor hat bauen lassen, um dort seinen Urlaub zu verbringen. Statt wie geplant zwei Wochen bleibt er ein ganzes Jahr, ein Jahr, in dem er seine Umwelt beobachtet und diese Beobachtungen in mehreren Notizbüchern festhält.

Schreiben, darin hat er Übung, als Kriegsreporter ebenso wie als Verfasser mehrerer Bücher. Doch die Aufzeichnungen aus dem »Fo'castle«, dem »Vorschiff«, wie er seine Bleibe tauft, sind für ihn Neuland und sollen nicht an die Öffentlichkeit gelangen. Dafür sorgt erst seine Verlobte, eine Kinderbuchautorin, die dem Bräutigam die Pistole auf die Brust setzt: »No book, no marriage.« Vor die Wahl gestellt, kehrt er zurück in seine Hütte und arbeitet die Notizen zu einem Manuskript aus. Es erscheint 1928 bei Doubleday, Doran and Co. und wird umgehend ein Erfolg.

Einer alten Regel zufolge genügt mitunter ein Buch, um als Autor im Gedächtnis zu bleiben, ein Buch, durch das sich Titel und Verfasser zu einer unauflöslichen Einheit verbinden. Mit seinem Buch *The Outermost House: A Year of Life on the Great Beach of Cape Cod*, so der vollständige Titel im Original, unter dem seine Tagebücher vor nunmehr neunzig Jahren erschienen, ist Henry Beston dieses seltene Kunststück gelungen. Das Buch ist längst zum Klassiker geworden, das aus dem angelsächsischen Literaturdiskurs nicht wegzudenken ist, das Haus selbst wurde 1964 zur »National Literary Landmark« erklärt, zum Schutz vor Zerstörung landeinwärts versetzt und 1978 von einem Hurrikan zerstört. Die Henry Beston Society, gegründet im Jahr 2002, sammelt derzeit Geld, um ein neues »Haus am Rand der Welt« zu bauen.

Cape Cod, die dem amerikanischen Kontinent östlich vorgelagerte Halbinsel, an dessen östlichstem Rand die Hütte stand, ist geschichtsträchtiges Terrain. Hier landeten die ersten europäischen Einwanderer, ehe sie Plymouth erreichten und zu *Pilgrim Fathers* wurden, hier nahm der amerikanische Walfang seinen Anfang, hier strandeten mehr Schiffe als irgendwo sonst an der amerikanischen Küste, und von hier aus wurde Jagd auf den Kabeljau gemacht, dem die Halbinsel ihren Namen verdankt. Nach Cape Cod zog es aber seit jeher auch die Schönen und Reichen der Ostküste sowie einige Sonderlinge, die in der kargen Landschaft Abgeschiedenheit und Ruhe suchten – darunter viele Maler und Schriftsteller wie beispielsweise Edward Hopper, John Dos Passos oder Eugene O'Neill. Und eben Henry Beston.

Henry Beston Sheahan (1. 6. 1888–15. 4. 1968) wird in Quincy, Massachusetts, geboren. Sein Vater ist ein Arzt irischer Abstammung, seine Mutter eine französischstämmige Katholikin, die ihn zweisprachig aufzieht. Henry wächst in Quincy auf, besucht die Highschool, geht nach Harvard, dann nach Frankreich, lehrt in Lyon, kehrt nach Harvard zurück und zieht 1915 als Mitglied der französischen Armee in den Ersten Weltkrieg, den er als Fahrer eines Krankenwagens bestreitet. Die Erlebnisse beschreibt er in seinem ersten Buch, das 1916 erscheint. Es folgen Kriegsreportagen, ein erstes Kinderbuch und die Bekanntschaft mit Elizabeth Coatsworth, seiner späteren Ehefrau. 1925 erwirbt Henry Beston, wie er sich nun nennt, ein Grundstück unmittelbar an der Ostküste von Cape Cod, der seiner Heimat Massachusetts vorgelagerten Halbinsel, und lässt auf einer Düne ein kleines Holzhaus mit zwei Zimmern, dreißig Quadratmeter Grundfläche, zehn Fenstern und Blick auf den Atlantik errichten. Im September 1926 tritt er dort einen zweiwöchigen Urlaub an.

Als er Cape Cod ein Jahr später wieder verlässt, hat er Notizen im Gepäck, aus denen über die beschriebenen Umwege eines der erfolgreichsten Naturbücher seiner Zeit und durch die der Autor zu einem der führenden Vertreter des »Nature Writing« wird, jener spezifisch angelsächsischen Schreibform, die langsam, aber mit dieser Übersetzung wohl sicher hierzulande als das zur Kenntnis genommen wird, was sie zunächst und vor allem ist: Literatur.

Als führender Vertreter dieser Gattung, ja, als eines der Gründungsdokumente einer selbstständigen amerikanischen Literatur überhaupt, gilt heute Henry David Thoreaus Buch über seine Waldjahre. Thoreau hatte sich vom Juli 1845 bis zum September 1847 in eine kleine Hütte an einem See in der Nähe von Concorde, Massachusetts, zurückgezogen und in seinem 1854 erschienenen Werk *Walden: Oder das Leben in den Wäldern* von seinen Beobachtungen und Gedanken berichtet. Die Maxime, von der er sich dabei leiten ließ, lautet Vereinfachung – ein Prinzip, das nicht mit Voraussetzungslosigkeit und Verzicht auf Komplexität verwechselt werden darf. Denn dass die richtige Vermessung der Tiefe des Walden Pond etwas mit dem Bestand und der Zusammensetzung der Bäume im Wald rund um den See zu tun haben könnte, wie Thoreau annahm, werden die für die Beziehungen zwischen See und Bäumen zuständigen Wissenschaften erst mehr als hundert Jahre nach Thoreau ernst nehmen. Und wer die Beziehungen zwischen Bäumen untereinander, zwischen Vögeln und Pflanzen und allen anderen Tieren beschreiben und das alles in Beziehung zum Wetter setzen will, sollte wissen, welche Bäume und Tiere da tatsächlich im Wald leben. Dass dieses Wissen nicht wohlfeil zu haben, sondern – daher der Name – allein den Wissenschaften zu entnehmen ist, muss heute leider betont werden.

Sich dieses Zusammenhangs bewusst, verbringt Thoreau große Teile seiner Lebenszeit mit der Knochenarbeit der Pflanzenbestimmung, wie Beston die Vögel, Zug- wie Standvögel am Küstenstreifen von Cape Cod genau bestimmt, um ihre Beziehungen zueinander, die kriegerischen wie freundlichen, zu erfassen. Damit ist zugleich eine der Gemeinsamkeiten aller »nature writers« benannt: Sie untersuchen die Beziehungen zwischen den Akteuren und Kräften der Natur, die sie in ihrer jeweiligen Spezifik erfassen wollen. Und ein Wald ist für sie erst erfasst, wenn die in ihm vorkommenden Pflanzen, Tiere, Steine, ja, sogar Winde in ihrer jeweiligen Eigenheit benannt und individualisiert worden sind. Das heißt auch, dass in ihrem Beziehungsgefüge potenziell jede Pflanze, jedes Tier und jeder Stein zum Akteur, zum Agenten der Handlung und, auf der sprachlichen Ebene, zum grammatischen Subjekt werden kann. Zumindest in der sogenannten westlichen Welt sind die »nature writers« die ersten Autoren, denen die Dinge zum Subjekt werden, denen sie ein Eigenleben zuschreiben, wie es ansonsten »beseelten« Lebewesen vorbehalten ist.

Dieser Ansatz schließt aus, dass man sich zu den Geschehnissen in der Natur in ein ironisches, unschlüssiges oder doppeldeutiges Verhältnis setzt, wie es die deutschen Romantiker tun. Von der berühmten »romantischen Ironie« sind die »nature writers« so weit entfernt wie die Wälder Nordamerikas vom deutschen Wald. Die der Romantik eigene Distanzierung von ihren Gegenständen kennen die angelsächsischen Naturschriftsteller nicht, und folglich werden ihnen ihre Gegenstände auch nicht zu Metaphern: Sie nehmen singuläre Fälle und kleine Szenen in den Blick, die die mal friedliche, mal blutige Wirklichkeit in einer neuen Form, einer neu zu entwickelnden Sensibilität einfangen, wie Thoreau schreiben wird. Diese kleinen Szenen, die Fragmente der Wirklichkeit, müssen allerdings aus dem Fluss der Wirklichkeit extrahiert werden, und dafür steht der Akt des Schreibens selbst.

Am Anfang des Nature Writing steht also nicht die Natur, sondern das Schreiben, und dieser Umstand erst macht es möglich, dass so unterschiedliche Bücher wie Gilbert Whites *The Natural History of Selborne*, Charles Darwins Reisebericht *Die Fahrt der Beagle* und eben Henry Bestons *Haus am Rand der Welt* unter diesem Begriff zu fassen sind. Wobei die 1789 erschienene Naturgeschichte Selbornes des englischen Pfarrers Gilbert White als Beginn des Nature Writing gelten kann, da sie im Grunde alle Elemente enthält, die die Gattung bis heute ausmachen. In einhundertzehn Briefen beschreibt White die Flora und Fauna einer Gemeinde in Hampshire und bleibt den kleinen Dingen des ländlichen Lebens unter den Prämissen von Aufklärung und lebendiger Darstellung verbunden, ohne sich in Mythen und Metaphern zu verlieren.

»Ich werde zum durchsichtigen Auge; ich bin nichts; ich sehe alles; die Strudel universellen Daseins durchwirbeln mich; ich bin Teil und Teilchen Gottes«, schreibt der amerikanische Schriftsteller und Philosoph Ralph Waldo Emerson

1836 in seinem heute weltberühmten Essay *Nature* und fügt den Blick von Schriftstellern wie White in eine Kosmologie ein. Für Emerson war die Natur die wahre Offenbarung Gottes und der Mensch auch nur ein Teil in diesen weitverzweigten Beziehungsketten und -netzen, nicht etwa deren natürlicher oder von Gott eingesetzter Herrscher. Emerson wurde mit seinem Natur-Essay zum philosophischen Gründer des Nature Writing, wie White der schriftstellerische Formgeber war.

Beides zusammen bildete die Grundlage, auf der Thoreau sein Konzept der Vereinfachung entwickeln konnte, die bei ihm auf weltanschauliche Sachverhalte ebenso zielt wie auf literarische, auf die Einschränkung des Konsums ebenso wie auf den bewussten Einsatz der Sprache: Was man benennen kann, sollte man beim Namen nennen und sprachliche Ornamente Ornamente sein lassen. Die Vorgänge in der Natur waren für Thoreau keine shakespeareschen Dramen, keine Intrigenspiele um die Macht im Staat, sie drückten sich viel profaner in kleinen Rhythmen aus, die immer wieder von dissonanten Tönen durchdrungen werden, die auch von den Geräuschen einer Eisenbahn stammen konnten, ohne dass deren Töne als dem Naturvorgang äußerlich beschrieben wurden. Die Eisenbahn gehörte zu Thoreaus Naturerlebnis wie das Zeitungslesen in der Bibliothek von Concorde, das er auch in seinen Waldjahren nicht aufgab. Vereinfachung heißt also nicht, sich aus dem Gang der Welt und der Zivilisation auszuschließen; Vereinfachung heißt Aufmerksamkeit, heißt, die Wahrnehmung auf einen Moment zu konzentrieren, zu einem Glied in der Kette der Ereignisse der Natur zu werden.

In seiner etwas größeren Hütte wird Henry Beston auf Cape Cod Thoreau in diesen Punkten folgen, denn auch er sieht weniger shakespearesche Dramen in der Natur am Werke als vielmehr ständige Rhythmuswechsel. »Ein Jahr, in der freien Natur verbracht, ist der Vollzug eines großartigen Rituals«, fasst Beston seine Erfahrung zusammen, um am Ende des Buches zu ergänzen: »Das Leben der Menschen wird zwar oft mit dem Schauspiel auf einer Bühne verglichen, ist aber eher ein Ritual.« Wenn jede Form des Lebens Ritual ist, verwundert es nicht, dass Beston auch für sich selbst ein solches entwickelte, entwickeln musste, um den Vorgängen in der Natur nachzuspüren, und dieses Ritual war der Spaziergang. In einer exemplarischen Stelle heißt es:

»An ihrem östlichen Rand fallen die Dünen steil zum Strand hin ab. Geht man nachmittags nahe den Dünen den Strand entlang, bewegt man sich im Schatten einer Art Sandwand, die sieben oder acht Fuß hoch und relativ eben ist, mit jeder Kuppe und jedem Hügel aber auf fünfzehn oder gar zwanzig Fuß ansteigt. An vier oder fünf Stellen haben Sturmfluten Rinnen oder Kerben in den Wall gespült. Dünenpflanzen gedeihen in diesen trockenen Betten, ihre Wurzeln finden Halt unter altem, halb vergrabenem Treibgut, wuchernde Silberraute, *Artemisia stelleriana*, prägt das Bild. Die Pflanze blüht noch in den ungeschütztesten Lagen, sie springt vom Scheitel der Dünen auf die nackten Hänge und versucht sogar, auf dem Strand heimisch zu werden. Ihr sommerliches Graugrün wird im Herbst abgelöst durch eine goldene bis rostbraune Farbgebung von einzigartiger Zartheit und Schönheit.«

Mal abgesehen von der Genauigkeit, mit der die Übersetzung den Rhythmus des amerikanischen Originals ins Deutsche überträgt, scheint es für diese Stelle von unbedingter Bedeutung zu sein, dass man nachmittags nahe den Dünen den Strand entlanggeht. Es sind also der Spaziergang und die

Tageszeit, die den Blick für die unter altem Treibgut wuchernde Silberraute freigeben und die jahreszeitlich changierende Farbgebung dem Schreiber zugänglich machen. Exemplarisch ist diese Stelle aber nicht nur für die doppelte Rhythmik im Ritual des Spazierengehens und der jahreszeitlichen Veränderungen der Farben der Pflanze. Verblüffend ist auch die Sicherheit, die in Bestons Sprache zum Ausdruck kommt. Immerhin ist Cape Cod einer der mythischen Orte der amerikanischen Ostküste überhaupt und schon zu Bestons Zeiten bereits alles andere als unbeschrieben: Thoreau hatte das Kap zwischen 1849 und 1857 viermal besucht, und sein postum 1865 erschienenes Buch *Cape Code* gilt in den USA viel mehr als *Walden* als Meisterwerk des Nature Writing, weil es deutlich weniger gesellschaftlich und politisch argumentiert, als es das Waldbuch tut. Beston muss also nicht nur zu dem Schluss gekommen sein, dass sein Cape Cod trotz des prominenten Vorläufers beschreibenswert ist, er hatte offenbar auch keine Angst vor dem Vergleich mit ihm.

Das Ergebnis gibt Beston gerade vor dem Hintergrund von Thoreaus *Cape Cod* recht. Wie Bestons Blick am Gras, an den Zugvögeln und ziehenden Monarchfaltern hängen bleibt, um sie sprachlich einzufangen, ist tatsächlich beispiellos. Und nicht ohne Witz ist, dass es gerade die kleinen Dinge der Natur sind, die Beston beschreibt, wie sie bis dahin noch nie beschrieben wurden – ganz so, wie es Thoreau einst gefordert hatte. Auch liegt man nicht falsch, wenn man Thoreau unterstellt, dass sein Vorhaben für den kleinen Küstenstreifen, der Cape Cod im Vergleich zu den Weltmeeren ist, vielleicht zu groß war. Thoreau war nämlich aus Concorde nach Cape Cod gereist, um das Meer zu verstehen, das schließlich zwei Drittel des Erdballs einnimmt. Ein Vorhaben, an dem er zwangsläufig scheitern musste, wenn man sein Buch über Cape Code mit den großen amerikanischen Schriftstellern des Meeres wie Herman Melville oder Richard Henry Dana vergleicht. Das soll Thoreaus Verdienste um die Aufnahme von Cape Cod in die Literaturlandschaft nicht schmälern, es soll nur Henry Bestons Beschreibungen in das Licht rücken, in das sie gehören.

Beston verbindet nämlich an mindestens einer Stelle von *Das Haus am Rand der Welt* seine Beobachtungen mit Überlegungen und Fragen, die bis heute aktuell sind bzw. in ihrer ökologischen und ökokritischen Tragweite erst heute erkannt werden. In der Passage geht es um Strandvögel und die unterschiedlichen Formen, mit denen sie sich organisieren:

»Keine Spielart der Natur an diesem Strand ist mir so unerklärlich wie die Flüge der verschiedensten Gruppen von Strandvögeln. Wie ich bereits angedeutet habe, formieren sich diese Gruppen im Nu, und genauso schnell entwickeln sie ihren eigenen Willen. Vögel, die eben noch weit entfernt voneinander nach Futter suchten, jeder für sich und jeder aufs eigene Wohl bedacht, verschmelzen unvermittelt zu einem kollektiven Willen und steigen auf, fliegen, gleiten, neigen ihre nach Dutzenden zählenden Körper wie ein Wesen, als das sie auf den neuen Kurs einschwenken, den der gemeinsame Wille der Gruppe vorgegeben hat.

Einen Leitvogel oder Anführer, das sei ergänzt, gibt es nicht. (…) Was mich vor allem beschäftigt, ist die sofortige und gleichzeitige Unterwerfung jedes einzelnen dieser rasend schnellen Körper unter den kollektiven Willen. Mit welchen Methoden, welchen Mitteln der Kommunikation vermag dieser Wille so auf eine Gruppe einzuwirken, dass ein Dutzend oder mehr Einzelwesen ihn im selben Moment erkennen und sich ihm fügen? Müssen wir, wie Descartes es schon vor langer Zeit postulierte, annehmen, dass es sich bei all diesen Vögeln um *machinae* handelt, um Maschinen aus Fleisch und Knochen, die einander derart ähnlich sind, dass sie – wie ein Zahnrad ins andere greift – auf identische Einflüsse der Umwelt identisch reagieren? Oder gibt es eine übersinnliche Verbindung zwischen diesen Kreaturen? Werden sie von einer Art Strom zusammengehalten, der während des Fluges durch jedes einzelne Tier oder durch die Gruppe fließt? (…)

Wir brauchen ein anderes, ein klügeres und vielleicht mystischeres Verständnis von Tieren. Der moderne Mensch, der sich von der Natur entfernt hat und auf allerlei technische Hilfsmittel verlässt, betrachtet sie durch den Zerrspiegel seines Wissens, in dem eine Feder vergrößert und dabei doch das gesamte Bild verfälscht erscheint. Wir schätzen die Tiere gering, weil wir sie für unvollkommen halten, weil das Schicksal sie vermeintlich weit unter uns angesiedelt hat. Doch hierin irren wir, irren wir gewaltig. Denn Tiere dürfen nicht am Menschen gemessen werden.«

Zentrales Thema dieser Passage ist die kontrapunktische Beziehung zwischen den Individuen und dem Schwarm der Vögel. Für Beston war das Verhältnis von Individuum und Kollektiv aber nicht nur in den Bewegungen der Tiere von herausragender Bedeutung, es war für ihn auch die gesellschaftliche Frage seiner Zeit. Darin kann man eine Art Evolution in der Haltung des »natural writing« sehen, denn während es Thoreau vorrangig um die Rettung des Individuums, des vom Kollektiv abweichenden anarchistischen Willens des Einzelnen vor dem Zugriff des Staates ging, sieht Beston hier nicht zuerst den Widerspruch von Individuum und Kollektiv, sondern einen Übergang vom einen zum anderen. Die kontrapunktischen Verhältnisse von einzeln und zerstreut am Strand ihre Bedürfnisse befriedigenden Vögeln einerseits und ihrem hochkoordinierten Zusammenwirken im Schwarm andererseits müssen keine Widersprüche sein; in der Natur können Individuen offensichtlich im Kollektiv verschwinden, ohne diesen Akt als Verlust an Eigenart zu empfinden.

Als Vorbild für uns taugen die Vögel aber trotzdem nicht, und den Grund entfaltet Beston in einem Paradox, in dem die große Kunst vom *Haus am Rand der Welt* greifbar wird. Einerseits können die Vögel kein Vorbild sein, weil wir uns, wie er diagnostiziert, schon zu weit von der Natur entfernt haben. Dieser Befund aber lässt sich auch durch eine viel beschworene »Rückkehr zur Natur« nicht ändern, denn, so Beston entschieden: »Tiere dürfen nicht am Menschen gemessen werden.« Wenn man nach einem Grund sucht, warum *Das Haus am Rand der Welt* seit seinem Erscheinen vor nunmehr neunzig Jahren nie aus den (englischsprachigen) Buchhandlungen, den Diskursen um die Umwelt und das Schreiben über die Natur verschwunden ist, kann man ihn in dieser Passage finden. Die Radikalität, mit der Beston hier die Frage nach den Tieren stellt, ist eine der drängenden Fragen unserer Zeit.

Wohl deshalb gehört das Buch zu den Initiationstexten der amerikanischen Umweltbewegung nach dem Zweiten Weltkrieg. So hat die Biologin und Umweltaktivistin Rachel Carson, die mit ihrer 1962 erschienenen Vision eines *Silent Spring*, eines wegen der vollständigen Vernichtung der Vogelpopulationen durch Umweltgifte stumm gewordenen Frühlings, weltberühmt geworden ist, *Das Haus am Rand der Welt* einmal als das einzige Buch bezeichnet, das sie beeinflusst habe.

Doch auch im wissenschaftlichen Denken seiner Zeit befand sich Beston in einer avantgardistischen Position. In den 1920er-Jahren begann Johann Jacob von Uexküll in Europa die Vorstellung einer einzigen, unabhängigen und unveränderlichen Umwelt ad absurdum zu führen. Uexküll war der erste Wissenschaftler, der von Umwelten im Plural sprach und nachweisen konnte, dass jedes Tier, jede Tierform ihre eigene Umwelt hat, was die Umwelten auf einen Schlag exponentiell vervielfältigte. Die Rede von »unserer« Welt ist seither so schal geworden, wie sie ein bloßer Ausdruck des menschlichen Imperialismus gegenüber der Natur ist – ein Herrschaftsanspruch, den Beston nicht nur nicht teilt, sondern auch im Detail widerlegt. »Einen Leitvogel oder Anführer, das sei ergänzt, gibt es nicht«, schreibt er wie nebenbei über die Organisationsform des Schwarms und benennt damit eine richtige Erkenntnis, die sich leider immer noch nicht herumgesprochen hat.

Eingeholt, geschweige denn durchgesetzt sind Bestons Wahrheiten über die Schwarmorganisation also bis heute nicht. Die Schwarmforschung beginnt erst jetzt, die Organisations- und Kommunikationsformen von großen Vogel- und Fischformationen zu verstehen, ohne Bestons Überlegungen widersprechen zu können. Ein Beispiel nehmen mag sie sich daran, wie Beston in seinem Buch die Vorstellung eines »Maschinenkörpers« des Philosophen René Descartes unterläuft – nämlich in jeder Hinsicht respektvoll. Descartes, der als einer der Begründer der modernen Wissenschaft gilt, hatte die Körper von allen Lebewesen, also auch von Menschen, im Gegensatz zum Geist als maschinelle Automaten ohne Seele beschrieben. Geist und Seele waren in Descartes' strengem Dualismus dagegen allein dem Menschen vorbehalten. Beston sieht das entschieden anders, vermeidet aber die direkte Konfrontation mit den modernen Wissenschaften, indem er auf ein »mystischeres Verständnis von Tieren« setzt, das es eher als der Rationalismus nicht nur seiner Zeit erlaubt, ihnen ihren eigenen Geist und ihre eigene Seele zuzusprechen.

Es geht Beston – und das scheint mir der zentrale Punkt seines Werkes zu sein – aber nicht um eine platte Gegenüberstellung von herrschendem Rationalismus und einer sanfteren, harmonisierenden Naturmystik. Beston will, um es mit einem Ausdruck des Philosophen Gilles Deleuze zu sagen, auf ein »gymnastisches Verhältnis« zwischen den Menschen und den Kräften und Erscheinungen der Natur hinaus, das man auch sehr wörtlich nehmen kann. Es geht ihm nicht darum, mit der Natur und ihren Kräften eins zu werden oder zu verschmelzen, sondern darum, in beide Richtungen geschmeidiger zu werden, sodass sich jeder vom anderen etwas nehmen kann. Beston weiß nämlich sehr gut um die auch feindlichen und zerstörerischen Kräfte der elementaren Natur, weshalb er mit derselben Genauigkeit, mit der er Flora und Fauna beschreibt, auch den Tod der Seeleute schildert, deren Schiff im Sturm zerschellt.

Angesichts dieser ganz realen Schrecken der Naturgewalten bestand die Kunst für Beston darin, die spontanen Eruptionen der elementaren Kräfte als Fragmente eines Ganzen zu sehen, zu dem auch die Farben, das Licht, die Töne gehören, ja, selbst der Geruch – womit er wie nebenbei den verachtetsten der fünf Sinne für die Literatur rehabilitiert. Tag und Nacht, die elementare Kraft der Stürme wie die morgendliche Ruhe bei schwachem Wellengang müssen immer wieder neu erfahren werden, indem man buchstäblich durch sie hindurchgeht, um die großen, reflektierenden Erfahrungen des Sehens und Hörens in der Natur und in der Geschichte in Texten und Bildern einfangen zu können.

Es ist ein verstörender Gedanke, dass dieses epochemachende Stück Literatur erst jetzt, neunzig Jahre nach seinem Entstehen und immerhin fünfzig Jahre nach dem Tod des Verfassers, auf Deutsch erscheint. Deutlich weniger Geduld wurde dem Autor und seiner Verlobten abverlangt: Nachdem er sein Manuskript im April 1928 beendet hatte und es im Oktober 1928 als Buch erschienen war, konnten Henry Beston Sheahan und Elizabeth Coatsworth im Juni 1929 heiraten.

Cord Riechelmann

Henry Beston, geboren 1888 in Quincy (Massachusetts), 1968 in Nobleboro (Maine) gestorben, war Autor zahlreicher Bücher. Er studierte in Harvard und unterrichtete anschließend an der Universität Lyon, bevor er als Englischdozent nach Harvard zurückkehrte. *Das Haus am Rand der Welt* erschien 1928 und wurde umgehend zum Erfolg.

Rudolf Mast, geboren 1958, war Segellehrer und Segelmacher, bevor er Theaterwissenschaft und Philosophie in Berlin studierte. Dort arbeitet er heute als Theaterwissenschaftler, Lektor und Übersetzer. Für den mareverlag übersetzte er zuletzt *Die Polarfahrt* von Hampton Sides (2017).

Cord Riechelmann, 1960 in Celle geborgen, studierte Biologie und Philosophie an der Freien Universität Berlin und lebt als Autor und Publizist in Berlin. Er schreibt für diverse Zeitungen, u. a. für die *Frankfurter Allgemeine Sonntagszeitung*. 2013 erschien sein Buch *Krähen: Ein Portrait*.